**10**
**18**

12, AVENUE D'ITALIE. PARIS XIII$^e$

## Sur l'auteur

Julie Otsuka est née en 1962 en Californie. Diplômée en art à l'université de Yale, elle abandonne finalement la peinture pour se consacrer entièrement à l'écriture. Son premier roman, *Quand l'empereur était un dieu*, est largement inspiré de la vie de ses grands-parents et a été primé de très nombreuses fois. Son deuxième roman, *Certaines n'avaient jamais vu la mer*, a été considéré aux États-Unis comme un véritable chef-d'œuvre. Il fut par ailleurs récompensé, entre autres, par le prix Femina étranger dès sa parution en France.

# JULIE OTSUKA

## QUAND L'EMPEREUR ÉTAIT UN DIEU

Traduit de l'anglais (États-Unis)
par Bruno Boudard

**10/18**

*PHÉBUS*

*Du même auteur*
*aux Éditions 10/18*

CERTAINES N'AVAIENT JAMAIS VU LA MER, n°4275

Ouvrage précédemment paru
dans la collection «Domaine Étranger»
créée par Jean-Claude Zylberstein

Titre original :
*When the Emperor Was Divine*

© Julie Otsuka, Inc., 2002.
© Éditions Phébus, Paris, 2004,
pour la traduction française.
ISBN 978-2-264-04667-3

*Ce livre est dédié à mes parents
et à la mémoire de Toyoko H. Nozaka*

*Mille mercis à Nicole Aragi pour sa patience infinie, ainsi qu'à Jordan Pavlin, pour les conseils avisés et l'attention qu'elle m'a prodigués. Je remercie également Maureen Howard, qui m'a encouragée et soutenue dès le début.*

*J. O.*

## ORDRE D'ÉVACUATION N° 19

La pancarte avait fleuri du jour au lendemain. Sur les panneaux d'affichage, sur les arbres, au dos des bancs installés aux arrêts d'autobus. Placardée à la vitrine du bazar *Woolworth's*. Placardée à côté de l'entrée de la YMCA. Agrafée sur la porte du tribunal d'instance et clouée, à hauteur d'homme, sur chaque poteau téléphonique le long d'University Avenue. La femme se rendait à la bibliothèque pour rapporter un livre lorsqu'elle la remarqua sur la vitre d'un bureau de poste. C'était à Berkeley, par une journée ensoleillée du printemps 1942, et elle portait de nouvelles lunettes grâce auxquelles, pour la première fois depuis des semaines, elle pouvait voir distinctement tout ce qui l'entourait. Elle n'était plus obligée de plisser les yeux, mais elle le fit cependant par habitude. Elle lut l'avis en entier et, alors, les yeux toujours plissés, elle prit un stylo puis relut tout le texte. Les caractères étaient petits et noirs. Certains étaient minuscules. Elle griffonna quelques mots au dos d'un reçu de banque, puis tourna les talons, rentra chez elle et commença à faire ses valises.

Lorsque, neuf jours plus tard, la lettre de rappel de la bibliothèque arriva au courrier, elle n'avait toujours pas terminé. Les enfants venaient de partir à l'école et le sol de la maison était jonché de cartons et de valises. Elle jeta l'enveloppe dans celle qui se trouvait à ses pieds puis sortit.

Dehors, le soleil était chaud et les feuilles des palmiers battaient paresseusement contre le flanc de la demeure. Elle mit ses gants de soie blanche et s'engagea dans Ashby Avenue, qu'elle remonta en direction de l'est. Elle traversa California Street pour aller acheter plusieurs savonnettes Lux et un grand pot de crème pour le visage à la pharmacie Rumford. Elle passa devant la boutique de l'association caritative, puis devant l'ancienne épicerie, aux ouvertures désormais condamnées par des planches, mais ne croisa aucune connaissance en chemin. Parvenue au kiosque à journaux qui se dressait à l'angle de Grove Street, elle acheta la *Berkeley Gazette*. Elle parcourut rapidement les gros titres. La route de Birmanie avait été coupée et l'une des quintuplées Dionne[1] – Yvonne – se remettait lentement de son opération des oreilles. Le sucre allait être rationné à partir de mardi. Elle plia le journal en deux, prenant soin de ne pas noircir ses gants avec l'encre.

Elle s'arrêta devant la quincaillerie Lundy pour contempler l'assortiment de pelles exposées en vitrine à l'intention des gens désireux de cultiver un « jar-

1. Les quintuplées Dionne sont nées le 28 mai 1934 à Corbeil (Ontario). Comme c'était la première fois (de mémoire d'homme) que des quintuplés survivaient plus de quelques heures, les sœurs devinrent un objet de curiosité pour le monde entier ; elles apparurent ainsi dans des films d'actualités, à la une de périodiques, furent invitées à des émissions de radio et leur nom fut utilisé pour vanter divers produits commerciaux. *(Toutes les notes sont du traducteur.)*

din de la victoire[1] ». C'étaient des outils de bonne fabrication, avec un solide manche en métal, et l'idée d'en acheter un lui traversa brièvement l'esprit : le prix était intéressant et elle n'aimait pas laisser passer une bonne affaire. Elle se souvint alors qu'elle avait déjà une pelle à la maison, dans la cabane de jardin. Elle en avait même deux, en fait. Elle n'en avait pas besoin d'une troisième. Elle lissa sa robe et entra dans le magasin.

— Jolies lunettes, dit Joe Lundy à l'instant où elle passait la porte.

— Vous trouvez ? demanda-t-elle. Je ne m'y suis pas encore habituée.

Elle saisit un marteau, dont elle serra fermement le manche.

— Avez-vous quelque chose de plus gros ? s'enquit-elle.

Joe Lundy lui répondit que le marteau qu'elle tenait à la main était le modèle le plus gros qu'il avait. Elle reposa l'outil sur le présentoir.

— Et votre toit, il tient le coup ? demanda-t-il.

— Je crois que les bardeaux commencent à pourrir. Il y a une nouvelle fuite.

— Il a beaucoup plu cette année.

La femme acquiesça d'un hochement de tête, ajoutant :

— Oui, mais nous avons eu de belles journées.

Passant devant le rayon des stores, elle se dirigea vers le fond de la boutique. Là, elle prit deux rouleaux de ruban adhésif ainsi qu'une pelote de ficelle et apporta ses articles à la caisse.

---

1. Pendant la Seconde Guerre mondiale, le gouvernement appela les Américains à planter ces *victory gardens* afin de soutenir l'effort de guerre.

— Chaque fois qu'il pleut, je dois mettre un seau, dit-elle.

Elle déposa deux pièces de vingt-cinq *cents* sur le comptoir.

— C'est une solution comme une autre, convint Joe Lundy.

Il repoussa les pièces de monnaie vers elle, mais sans la regarder.

— Vous me paierez plus tard, fit-il.

Puis il se mit à frotter le côté de la caisse enregistreuse avec un chiffon. Il y avait là une tache noire rebelle, impossible à faire partir.

— Je peux vous payer maintenant, protesta la femme.

— Laissez donc, insista Joe Lundy.

Il fourra la main dans la poche de sa chemise et en sortit deux caramels enveloppés dans du papier doré.

— Pour les enfants, dit-il en lui tendant les sucreries.

Elle glissa les bonbons dans son porte-monnaie, mais laissa l'argent sur le comptoir. Elle le remercia pour les friandises et sortit du magasin.

— Vous avez une bien jolie robe rouge, lui lança-t-il.

Elle pivota et, plissant les yeux, le considéra par-dessus ses lunettes.

— Merci, dit-elle. Merci, Joe.

Puis la porte claqua dans son dos et elle se retrouva seule sur le trottoir. Elle s'aperçut alors que, pendant toutes ces années où elle avait fréquenté la quincaillerie de Joe Lundy, jamais avant ce jour elle ne l'avait appelé par son prénom, Joe. Entendre ce nom sortir de sa bouche lui parut étrange. Presque mal. Mais elle l'avait dit. Elle l'avait prononcé à voix haute. Elle regrettait de ne pas l'avoir osé plus tôt.

Elle s'essuya le front avec son mouchoir. Il y avait un soleil radieux et elle n'aimait pas transpirer en public. Elle enleva ses lunettes et traversa la rue pour se retrouver à l'ombre. Au coin de Shattuck Avenue, elle prit le tramway qui allait dans le centre. Elle descendit à l'arrêt de Kittredge Street et entra dans le grand magasin *J. F. Hink*, où elle demanda au vendeur s'il leur restait des sacs de marin, mais il n'y en avait plus : les rayons avaient été littéralement dévalisés. Il avait vendu le dernier une demi-heure auparavant. Il lui suggéra de tenter sa chance chez *J. C. Penney*, mais là non plus, plus un seul sac de marin. Il n'y avait plus un seul sac de marin dans toute la ville.

Lorsqu'elle rentra chez elle, la femme ôta sa robe rouge et en enfila une autre d'un bleu délavé – sa robe d'intérieur. Elle enroula ses cheveux et les releva en chignon, puis mit une vieille paire de chaussures confortables. Elle devait finir de faire les bagages. Elle roula le tapis oriental du salon. Elle décrocha les miroirs, elle décrocha les rideaux et les stores. Elle porta le petit bonsaï dans le jardin et l'installa sur le gazon, à l'abri de l'avant-toit, où il serait idéalement exposé : ni trop d'ombre ni trop de soleil. Elle descendit au sous-sol le phonographe Victrola et la pendule Westminster à carillon.

Elle remonta à l'étage pour aller dans la chambre du garçon enlever le planisphère du monde en guerre punaisé au mur, qu'elle replia soigneusement en suivant les plis. Elle emballa sa collection de timbres, ainsi que l'Indien en bois peint à la longue coiffure de plumes qu'il avait gagné à la foire d'État de Sacramento. Elle récupéra sous le lit les comics de Joe Palooka. Elle vida les tiroirs. Elle laissa sortis certains de ses vêtements – ceux dont il aurait besoin –, à charge pour lui de les ranger plus tard dans sa valise. Elle posa son gant de base-ball sur son oreiller. Elle entassa le reste de ses affaires dans des cartons qu'elle porta dans le petit salon du haut.

La chambre de la fille était close. Au-dessus du bouton de porte était affiché un mot qui ne s'y trouvait pas la veille et sur lequel était écrit : NE PAS DÉRANGER. La femme n'ouvrit pas. Elle redescendit et entreprit de décrocher les tableaux des murs. Il n'y en avait que trois : le portrait de la princesse Élisabeth suspendu dans la salle à manger, l'image de Jésus qui ornait le vestibule et, enfin, à la cuisine, une reproduction encadrée des *Glaneuses* de Millet. Elle disposa Jésus et la jeune princesse dans une boîte, prenant soin de les retourner contre le fond et de placer Jésus sur le dessus. Elle retira *Les Glaneuses* de leur cadre et considéra l'œuvre une dernière fois. Elle se demanda pourquoi elle l'avait gardée si longtemps à la cuisine. L'attitude de ces paysannes, inclinées pour l'éternité au-dessus de ce champ de blé infini, la chiffonnait. « Levez la tête ! avait-elle envie de leur dire. Mais levez donc la tête ! » Elle décida qu'il était temps de se séparer des *Glaneuses*. Elle sortit pour déposer le tableau avec les ordures.

Au salon, elle débarrassa les étagères de tous leurs livres, à l'exception des *Oiseaux d'Amérique* d'Audubon. À la cuisine, elle vida les placards. Elle mit de côté de quoi assurer le repas du soir et rangea tout le reste dans des cartons : la vaisselle en porcelaine, les verres en cristal, le service de baguettes en ivoire que sa mère lui avait envoyé de Kagoshima quinze ans auparavant, pour son mariage. Elle referma les cartons avec le ruban adhésif qu'elle avait acheté à la quincaillerie Lundy, puis les monta un par un au petit salon de l'étage. Une fois cette tâche terminée, elle condamna la porte avec deux cadenas puis s'assit sur le palier, la robe relevée au-dessus des genoux, et alluma une cigarette. Demain, les enfants et elle s'en iraient. Elle ignorait où ils se rendaient, ou combien de temps ils seraient partis, ou encore qui habiterait la maison pendant leur absence. Elle savait seulement qu'ils devaient s'en aller demain.

Ils avaient le droit d'emporter certaines choses avec eux : draps et couvertures, linge de maison, fourchettes, cuillers, assiettes, bols, tasses, vêtements. Voilà ce qu'elle avait noté au dos du relevé bancaire. Les animaux domestiques n'étaient pas autorisés, précisait encore la pancarte.

On était à la fin avril. C'était la quatrième semaine du cinquième mois de la guerre et la femme, qui ne suivait pas toujours les règles, les suivit cette fois-ci. Elle donna le chat aux Greer, ses voisins. Elle attrapa le poulet qui courait en liberté dans le jardin depuis l'automne et lui brisa le cou sous un manche à balai. Elle le pluma et plongea sa carcasse dans une casserole d'eau froide posée dans l'évier.

En début d'après-midi, son mouchoir était déjà trempé de sueur. Elle respirait avec peine et avait le nez irrité par la poussière. Elle avait mal au dos. Elle ôta ses souliers et massa ses oignons endoloris, puis alla dans la cuisine où elle alluma la radio. Enrico Caruso chantait encore *La donna è mobile*. Il avait une voix à la fois pleine et mélodieuse. Elle ouvrit le réfrigérateur et sortit un plat de boulettes de riz farcies de prunes confites au vinaigre, qu'elle dégusta lentement en écoutant le ténor. Les prunes étaient presque noires et avaient un goût aigre, exactement comme elle les aimait.

À la fin de l'aria, elle éteignit le poste et mit deux boulettes de riz dans un bol bleu. Elle cassa un œuf au-dessus du récipient, puis ajouta un peu du saumon qu'elle avait cuisiné la veille au soir. Emportant avec elle le bol, elle sortit sur la véranda de derrière, où elle le posa sur les marches. Malgré la douleur lancinante qu'elle éprouvait dans le dos, elle resta debout, bien droite, et frappa trois fois dans ses mains.

Un petit chien blanc sortit du bouquet d'arbres en boitant.

— Viens manger, Chien-Blanc ! appela-t-elle.

Chien-Blanc était vieux et malade, mais il avait encore bon appétit. Sa tête s'agitait de haut en bas au-dessus du bol. La femme s'assit à côté de lui et le regarda manger. Le bol une fois vide, il leva la tête vers elle. L'un de ses yeux était vitreux. Elle lui frotta le ventre et il remua la queue, qui vint battre contre les marches en bois avec un bruit sourd.

— Brave toutou, dit-elle.

Elle se leva et traversa le jardin, suivie de Chien-Blanc. Les narcisses étaient blancs de moisissure et les iris commençaient à se flétrir. Il y avait des mauvaises herbes partout. Cela faisait des mois que la femme n'avait pas tondu le gazon. Normalement, c'était son mari qui se chargeait de cette corvée, mais elle ne l'avait pas revu depuis son arrestation fin décembre. On l'avait d'abord envoyé en train au fort Missoula, dans le Montana, avant de le transférer au fort Sam Houston, au Texas. Tous les deux ou trois jours, il avait l'autorisation de lui écrire une lettre. En général, il lui parlait du temps qu'il faisait. Au fort Sam Houston, il faisait beau. Chaque enveloppe portait au dos un coup de tampon précisant : « Censuré, ministère de la Guerre », ou bien « Ressortissant d'un pays ennemi, actuellement en détention ».

La femme s'assit sur un rocher, sous le plaqueminier de Virginie. Chien-Blanc se coucha à ses pieds et ferma les yeux.

— Chien-Blanc, dit-elle. Regarde-moi.

L'animal leva la tête. La femme était sa maîtresse et il faisait tout ce qu'elle lui demandait. Elle enfila ses gants de soie blanche et sortit une pelote de ficelle.

— Attention, ne me quitte pas des yeux ! insista-t-elle tandis qu'elle attachait Chien-Blanc à l'arbre. Tu as été un bon chien… Oui, tu as été un bon chien blanc.

Quelque part, un téléphone se mit à sonner. Chien-Blanc aboya.

— Chut ! ordonna-t-elle.

L'animal se tut.

— Maintenant, mets-toi sur le dos – Chien-Blanc se mit sur le dos et l'épia de son œil valide. Fais le mort, dit-elle.

Chien-Blanc tourna la tête sur le côté et ferma les yeux. Il relâcha les muscles de ses pattes. La femme saisit la grande pelle qui était appuyée contre le tronc de l'arbre. Elle la leva à deux mains au-dessus de sa tête puis, d'un geste rapide, abattit le fer sur le crâne de l'animal. Un double spasme secoua le corps de Chien-Blanc, qui battit l'air avec ses postérieurs comme s'il essayait de courir. Puis il s'immobilisa. Un filet de sang s'écoula lentement du coin de sa gueule. Elle le détacha, puis laissa échapper un profond soupir. La pelle s'était révélée le bon choix. Bien mieux qu'un marteau, songea-t-elle.

Elle commença à creuser un trou au pied de l'arbre. La terre était dure en surface, mais, meuble et grasse en profondeur, offrait peu de résistance. La femme plongea et replongea la pelle dans le sol jusqu'à ce que la fosse fût suffisamment profonde, puis elle ramassa Chien-Blanc et le jeta dedans. Son corps était léger et il heurta le fond avec un bruit sourd. Elle retira ses gants et les regarda. Ils avaient perdu leur blancheur. Elle les laissa tomber dans le trou, puis reprit son outil pour remblayer la fosse. Le soleil était brûlant et seul le feuillage des arbres offrait de l'ombre. La femme se tenait à l'abri des arbres. Elle avait quarante et un ans et elle était fatiguée. Le dos de sa robe était trempé de sueur. Elle se passa la main sur les yeux pour écarter ses cheveux et s'adossa au tronc. Le jardin présentait le même aspect qu'avant, sinon que la terre était un petit peu plus sombre à l'endroit où elle avait creusé. Plus sombre et plus humide. Elle arracha une feuille à une branche basse et rentra à la maison.

Lorsque les enfants revinrent de l'école, elle leur rappela qu'ils devaient partir tôt le lendemain matin. Oui, demain ils s'en allaient en voyage. Il ne fallait pas prendre plus de bagages qu'ils ne pouvaient en porter.

— Je le sais déjà, dit la fille.

Elle était vêtue d'une robe en coton blanc ornée de toutes petites ancres bleues et avait les cheveux tirés en arrière en deux nattes noires bien serrées. Elle jeta ses livres sur le canapé et raconta à sa mère que le maître, Mr. Rutherford, leur avait parlé une heure durant des nombres premiers et des conifères.

— Sais-tu ce qu'est un conifère ? demanda-t-elle.

La femme dut admettre qu'elle l'ignorait.

— Explique-le-moi, suggéra-t-elle.

Mais la fillette fit non de la tête.

— Je te l'expliquerai plus tard, dit-elle.

Elle avait dix ans et des goûts bien arrêtés. Elle aimait les garçons, la réglisse noire et Dorothy Lamour. À la radio, sa chanson favorite était *Don't Fence Me In*[1]. Elle adorait le perroquet de la maison, un ara. Elle alla jusqu'au rayonnage et descendit *Les Oiseaux d'Amérique*. Elle posa l'ouvrage en équilibre sur son crâne et, droite comme un I, monta lentement l'escalier pour rejoindre sa chambre.

Quelques secondes plus tard résonnait un grand bruit sourd, puis le livre dégringola les marches jusqu'en bas. Le petit garçon leva les yeux vers sa mère. Il avait sept ans et portait un petit feutre noir, rabattu sur le côté de la tête.

— Il faut qu'elle se tienne plus droite, dit-il doucement.

Il s'approcha de l'escalier et contempla le volume qui, en tombant, s'était ouvert sur une illustration représentant un petit oiseau brun, un troglodyte des marais.

— Il faut que tu te tiennes plus droite ! lança-t-il.

— Ce n'est pas ça, répondit la fillette, c'est à cause de ma tête.

— Qu'est-ce qu'elle a ta tête ? cria le garçon.

— Elle est trop ronde ; trop ronde sur le dessus.

Il referma le livre et se tourna vers sa mère.

— Où est Chien-Blanc ? demanda-t-il.

Il sortit sur la véranda et frappa trois fois dans ses mains.

— Chien-Blanc ! hurla-t-il, avant de frapper de nouveau dans ses mains. Chien-Blanc !

---

1. Chanson de Cole Porter, interprétée par Bing & The Andrew Sisters, qui fut un succès pendant la Seconde Guerre mondiale.

Il appela encore et encore, puis finit par rentrer pour venir se planter à côté de la femme dans la cuisine. Elle était en train de couper des pommes en tranches. Elle avait de longs doigts blancs, qui savaient manier un couteau.

— Ce chien devient chaque jour plus sourd, lâcha-t-il.

Il s'assit et, pendant qu'elle disposait les pommes sur une assiette, s'amusa à allumer et à éteindre la radio plusieurs fois de suite. L'orchestre symphonique du Radio City Music Hall interprétait le dernier mouvement de l'*Ouverture solennelle « 1812 »* de Tchaïkovski : fracas des cymbales, grondement de canon. Elle posa l'assiette devant lui.

— Mange, dit-elle.

Tandis qu'il tendait la main pour se servir, un tonnerre d'applaudissements éclata dans le poste. « Bravo ! s'égosillaient les auditeurs. Bravo, bravo ! » Le garçon tourna le bouton pour essayer de trouver son émission de sport favorite, mais ne réussit qu'à capter les informations et une sérénade de Sammy Kaye. Il éteignit la radio et prit un autre morceau de pomme sur l'assiette.

— Qu'est-ce qu'il fait chaud, ici ! s'exclama-t-il.

— Alors enlève ton chapeau, dit la femme.

Mais le garçon refusa : c'était un cadeau de son père et, bien que trop grand pour lui, il le mettait tous les jours. Elle lui servit un verre d'orgeat frais, qu'il but d'un trait.

La fille entra dans la cuisine et se dirigea vers la cage de l'ara, installée à côté de la cuisinière. Elle se pencha et approcha son visage des barreaux.

— Dis-moi quelque chose, souffla-t-elle.

L'oiseau hérissa les plumes de ses ailes et se dandina d'une patte sur l'autre sur son perchoir.

— Baaaak ! répondit-il.

— Ce n'est pas ce que je voulais entendre, dit la fille.

— Enlève ton chapeau ! fit le perroquet.

La fille s'assit et la femme lui tendit aussi un verre d'orgeat bien frais, ainsi qu'une cuiller à pot en argent. La fille lécha le cuilleron et y contempla son reflet. Son visage apparaissait à l'envers. Elle plongea la cuiller dans le sucrier.

— Est-ce que j'ai une tête bizarre ? s'enquit-elle.

— Pourquoi ? dit la femme.

— Dans la rue, les gens me regardaient.

— Viens là.

La fillette se leva et s'avança vers sa mère.

— Laisse-moi te regarder.

— Tu as décroché les miroirs, fit remarquer la fille.

— Il le fallait. Je devais les ranger.

— Dis-moi de quoi j'ai l'air.

La femme passa les mains sur la figure de la fille.

— Tu es très bien, commença-t-elle. Tu as un joli nez.

— Quoi d'autre ? demanda la fille.

— Tu as une belle dentition.

— Les dents, ça ne compte pas.

— Les dents, c'est fondamental.

La femme se mit à masser les épaules de la fille. Elle lui dit ensuite de renverser la tête en arrière et de fermer les yeux, puis exerça une forte pression des doigts à la base de son cou, jusqu'au moment où elle la sentit commencer à se détendre.

— Si j'avais une tête bizarre, est-ce que tu me le dirais ? interrogea la fille.

— Retourne-toi, dit la femme.

La fille se retourna.

— Maintenant, regarde-moi.

La fille la regarda.

23

— Tu as le plus beau visage que j'aie jamais vu.
— Tu dis ça pour me faire plaisir.
— Non, je le pense.

Le garçon ralluma la radio. Le présentateur de la météo était en train de donner les prévisions pour la journée du lendemain. Il annonçait de la pluie et des températures en baisse.

— Assieds-toi et bois ton sirop, dit le garçon à sa sœur.

— Demain, n'oubliez donc pas votre parapluie ! conclut le présentateur.

La fille s'assit. Elle but son verre de sirop d'orgeat et entreprit d'éclairer sa mère sur la question des conifères. La plupart étaient des arbres à feuillage persistant, mais certains n'étaient guère plus que des arbrisseaux. Ils n'avaient pas tous des cônes. Quelques-uns, comme l'if, donnaient simplement des arilles.

— C'est bon à savoir, dit la femme.

Puis elle se leva et annonça à la fille qu'il était l'heure de se mettre à ses exercices de piano pour son cours du jeudi.

— Je suis vraiment obligée ?

La femme réfléchit un instant.

— Non, fit-elle, seulement si tu en as envie.
— Dis-moi que je dois les faire.
— J'en suis incapable…

La fille quitta la pièce pour passer au salon, où elle s'installa sur la banquette du piano.

— Il n'y a plus de métronome ! s'exclama-t-elle.
— Tu n'as qu'à compter dans ta tête, suggéra la femme.

— … Trois, cinq, sept…

La fille posa son couteau et s'interrompit. Ils étaient attablés à la cuisine pour le dîner. Dehors, la nuit tombait. Le ciel avait pris une teinte aubergine et une brise soufflait de la baie. Des centaines de geais jacassaient furieusement dans le magnolia des Greer, leurs voisins. Une goutte de pluie tomba sur le rebord de fenêtre qui surplombait l'évier, et la femme se leva pour aller fermer la fenêtre.

— Onze, treize… continua la fille.

Elle révisait ses nombres premiers en vue de l'interrogation de lundi.

— Seize ? hasarda le garçon.

— Non, répondit la fille. Seize a une racine carrée.

— J'avais oublié, dit le petit garçon, avant de saisir un pilon de poulet, qu'il se mit à ronger.

— Tu ne l'as jamais su, rétorqua la fille.

— Quarante et un, lança le garçon. Quatre-vingt-six – il s'essuya la bouche avec sa serviette. Douze, ajouta-t-il.

La fille le regarda, puis se tourna vers sa mère.

— Il n'est pas bon ce poulet, déclara-t-elle. Il est trop dur – elle reposa sa fourchette. Je ne peux pas en avaler une bouchée de plus.

— Eh bien, laisse-le, dit la femme.

— Je vais le manger, moi, intervint le petit garçon.

Il prit une aile dans l'assiette de sa sœur et la porta à la bouche. Il la dévora en entier, puis recracha les os, avant de demander à sa mère où ils allaient le lendemain.

— Je l'ignore, répondit la femme.

La fille sortit de table et alla s'installer au piano, où elle commença à jouer de mémoire une pièce de Debussy, *Golliwogg's Cake-walk*[1]. La mélodie était à la fois lente et simple. Elle l'avait interprétée l'été

---

1. Sixième et dernière pièce du recueil *Children's Corner* que Debussy offrit à sa fille Chouchou en juillet 1908.

dernier, lors d'un récital auquel avait assisté son père. Il était assis au premier rang et, après qu'elle eut terminé, il avait applaudi à tout rompre. Elle exécuta le morceau dans son intégralité, sans sauter une seule note. Lorsqu'elle entreprit de le rejouer, le petit garçon se leva pour aller dans sa chambre et commencer à faire ses bagages.

Le premier objet qu'il mit dans sa valise, ce fut son gant de base-ball. Il le fourra dans la grande poche doublée de satin rouge, qui aussitôt se bomba. Il jeta ses vêtements dans la valise et essaya de la refermer, mais elle était trop remplie. Il s'assit dessus et le couvercle s'enfonça lentement. Brusquement, il se releva. Le couvercle se rouvrit. Il avait oublié quelque chose. Il alla jusqu'au placard du couloir et revint avec son parapluie à pois. Il le tint à bout de bras, puis secoua la tête d'un air navré : il était trop long. Jamais il ne rentrerait dans la valise.

Seule à la cuisine, la femme se lavait les mains. Les enfants étaient montés se coucher et la maison était silencieuse. Les conduites avaient conservé la chaleur de la journée et l'eau qui s'écoulait du robinet était tiède. Elle entendait le tonnerre au loin – le tonnerre mais aussi, quelque part dans les profondeurs de la nuit, la faible plainte d'une sirène. Elle regarda par la fenêtre au-dessus de l'évier. Le ciel était encore clair, et elle apercevait la pleine lune au travers des branches de l'érable. C'était encore un jeune arbre, dont les feuilles délicates prenaient une couleur rouge vif en automne. Son époux l'avait planté pour elle voilà quatre étés. Elle ferma le robinet, puis chercha des yeux le torchon, mais il n'y en avait plus : elle avait déjà rangé les torchons ; ils se trouvaient dans la valise posée à côté de la porte, dans l'entrée.

Elle se sécha les mains sur le devant de sa robe, puis se dirigea vers la cage de l'ara. Elle retira le tissu vert et défit la fermeture en fil métallique qui commandait la porte.

— Sors de là, dit-elle.

L'oiseau monta sur sa main d'un air méfiant, puis la regarda.

— C'est moi, le rassura-t-elle.

Le perroquet battit des paupières. Ses yeux étaient noirs, globuleux et dépourvus de pupille.

— Viens ici ! croassa-t-il. Viens ici tout de suite !

Il avait exactement les mêmes intonations que son mari. Si elle fermait les yeux, elle pouvait facilement s'imaginer que son époux se trouvait dans la même pièce.

La femme ne ferma pas les yeux. Elle savait très bien où se trouvait son époux. Il dormait sur un lit pliant – un lit pliant ou peut-être un lit superposé –, dans quelque tente du fort Sam Houston, où il faisait toujours beau. Elle se le figurait allongé là, un bras en travers de la figure pour masquer la lumière. Puis elle déposa un baiser sur le sommet du crâne de l'ara.

— Je suis là, dit-elle. Je suis là, tu vois.

Elle donna au volatile une graine de tournesol, dont il brisa l'enveloppe avec son bec.

— Viens ici ! répéta-t-il.

Elle ouvrit la fenêtre et posa l'oiseau sur le rebord.

— C'est bien ! fit-il.

Elle lui caressa le dessous du menton et il abaissa ses paupières.

— Espèce d'idiot, va, chuchota-t-elle.

Elle repoussa les battants et tourna la poignée. À présent, l'animal se trouvait au-dehors, de l'autre côté de la vitre. Il tapa trois fois contre le carreau avec ses griffes tout en disant quelque chose qu'elle ne comprenait pas : elle ne pouvait plus l'entendre désormais.

Elle lui répondit en frappant le verre du bout des doigts.

— Va-t'en, souffla-t-elle.

Le perroquet battit des ailes et s'envola dans l'érable. Elle saisit le balai rangé derrière la cuisinière, puis sortit dans le jardin pour aller secouer les branches de l'arbre. Une pluie de gouttelettes s'abattit sur elle.

— Va-t'en ! s'écria-t-elle. Fiche le camp d'ici !

L'oiseau déploya ses ailes et disparut dans la nuit.

Elle retourna à la cuisine et sortit de dessous l'évier une bouteille d'eau-de-vie de prunes. Sans l'ara dans sa cage, la maison paraissait vide. Elle s'assit par terre et porta le goulot à la bouche. Elle avala une gorgée, puis contempla la partie du mur où avait été accrochée la reproduction des *Glaneuses*. Le rectangle blanc luisait au clair de lune. Elle se releva et s'amusa à en suivre le contour du doigt, puis elle commença à rire – silencieusement au début, mais ses épaules ne tardèrent pas à se soulever sous l'effet de son hilarité et elle chercha sa respiration. Elle posa la bouteille et attendit la fin de son fou rire, mais en vain : il continuait à fuser d'elle tant et si bien que des larmes finirent par couler sur ses joues. Elle reprit la bouteille et but une nouvelle rasade. L'alcool avait une couleur foncée et un goût douceâtre. C'était elle qui l'avait fait, l'automne dernier. Elle prit son mouchoir pour s'essuyer la bouche. Ses lèvres laissèrent une tache sombre sur le tissu. Elle remit le bouchon sur le goulot et l'enfonça aussi profondément que possible. « *La donna è mobile* », chantonna-t-elle entre ses dents, tandis qu'elle descendait l'escalier qui menait au sous-sol. Elle cacha la prune derrière le vieux fourneau rouillé, là où personne ne pourrait jamais le trouver.

Au milieu de la nuit, le garçon se glissa dans le lit de sa mère, répétant inlassablement la même question :
— Qu'est-ce que c'est que ce bruit bizarre ? Mais qu'est-ce que c'est que ce bruit bizarre ?
La femme lissa les cheveux noirs de son fils.
— La pluie, murmura-t-elle.
Le garçon comprit. Il se rendormit aussitôt. Le tonnerre s'était déjà éloigné et un silence absolu régnait à présent dans la maison, uniquement troublé par le bruit de l'averse. La femme, elle, ne parvenait pas à trouver le sommeil, préoccupée par les fuites du toit. Son mari avait bien eu l'intention de les réparer, mais il ne l'avait jamais fait. Elle se leva pour poser sur le plancher un seau en fer-blanc afin de recueillir l'eau. Après cela, elle se sentit mieux. Elle se recoucha aux côtés du garçon, puis tira la couverture pour lui recouvrir les épaules. Le voyant qui mastiquait tout en dormant, elle se demanda s'il avait faim. Elle se souvint alors des bonbons qu'elle avait rangés dans son porte-monnaie. Les caramels. Elle avait oublié les caramels. Qu'allait dire Joe Lundy ? Il lui dirait qu'elle portait une bien jolie robe rouge. Il lui dirait que ce n'était pas grave, elle le savait. Elle ferma les yeux. Elle donnerait les bonbons aux enfants demain matin. Oui, voilà ce qu'elle allait faire. Ses lèvres murmurèrent une prière silencieuse et, bercée par le bruit régulier de la pluie qui tombait goutte à goutte dans le seau, elle

sombra lentement dans le sommeil. Le garçon repoussa la couverture d'un haussement d'épaules et roula sur le flanc, venant chercher la fraîcheur contre le mur. D'ici quelques heures, lui, la fille et leur mère se réveilleraient, puis s'en iraient rejoindre le poste de contrôle administratif installé dans l'enceinte de la Première église congrégationaliste de Channing Way. Puis ils épingleraient leur matricule sur le col, prendraient leurs valises et monteraient dans le car qui devait les emmener jusqu'à leur mystérieuse destination.

## LE CONVOI

Le train s'enfonçait lentement au cœur des terres. Quelque part sur la bordure occidentale du nord du Nevada, il vint à passer devant une maison blanche isolée, avec sa pelouse agrémentée de deux grands peupliers noirs d'Amérique, entre lesquels un hamac se balançait doucement dans la brise. Un petit chien dormait couché sur le flanc à l'ombre des arbres. Un homme coiffé d'un chapeau de paille était en train de tailler les haies. Celles-ci avaient une forme très ronde. C'étaient de parfaites sphères vertes. Quelqu'un – peut-être ce même homme, ou bien le jardinier de cet homme – avait planté des fleurs dans un chariot rouge, placé à côté de la boîte aux lettres. Devant une palissade en bois s'étendait un « jardin de la victoire », où trônait un écriteau portant l'inscription À VENDRE peinte à la main. Derrière l'habitation se trouvait le fond asséché d'un lac, au-delà duquel on ne voyait rien d'autre que la terre blanche et desséchée du désert qui s'étirait jusqu'aux confins de l'horizon. Sur la carte, le lac s'appelait Intermittent Lake. Parce que certaines fois il était là et d'autres fois non. Tout dépendait de la pluie.

— Je ne le vois pas, dit la fille.

On était au mois de septembre 1942. Elle avait la figure plaquée contre la vitre poussiéreuse du train.

Elle avait fêté ses onze ans et avait des cheveux noirs et raides, attachés en queue de cheval par un vieux ruban rose. Elle était vêtue d'une robe jaune pâle, à larges manches bouffantes, dont l'ourlet commençait à se défaire. Sur son col était épinglé un matricule, et elle portait autour du cou un foulard en soie aux couleurs passées. Elle était chaussée de babies vernis, qu'elle n'avait plus nettoyés depuis le printemps.

— Quoi donc ? s'enquit son frère.

Il avait déjà huit ans et arborait le même numéro que sa sœur.

La fille ne répondit pas. Voilà deux ans maintenant que le lac était à sec, mais elle l'ignorait. Elle n'avait jamais vu le désert auparavant et même si, bonne élève (sans toutefois se montrer exceptionnelle), elle avait appris le sens de nombreux mots, il lui restait encore à apprendre celui du mot « intermittent ». Elle étudia de nouveau la carte pour vérifier si le lac était bien censé se trouver là. Mais oui, pas de doute. Sans lever les yeux, elle tendit la main.

— Un citron, s'il te plaît, dit-elle.

Sa mère se pencha en avant et laissa tomber un citron dans sa paume. La fille se leva, puis baissa la vitre et lança le fruit dans le désert. Il s'éleva dans les airs avant de frapper la base noueuse d'un buisson d'armoise au feuillage noirci, cependant que la maison blanche se noyait petit à petit dans le lointain. La fille avait été la lanceuse vedette de son équipe de *softball*[1], et elle avait le coup de main.

— Fais attention à ne pas te faire arracher le bras, avertit sa mère à voix basse.

1. Variante du base-ball, qui se joue avec une balle plus grosse et moins dure, sur un terrain de plus petites dimensions.

— Je n'en avais pas l'intention, répliqua la fille.

Elle rangea la carte dans la valise glissée sous sa banquette, puis s'assit. Une dame âgée remonta le couloir, chancelant légèrement de gauche à droite et, à son passage, la fille surprit une odeur d'humidité et de moisi qui lui évoqua celle des feuilles pourries. C'était l'odeur exhalée par la vieille soie de qualité. La fille respira profondément et ferma les paupières, sans parvenir à se sentir bien. Les banquettes étaient dures, leur dossier rigide, et elle n'avait pas dormi depuis qu'ils avaient quitté la Californie la veille au soir. La fille avait toujours vécu en Californie – d'abord à Berkeley, dans une maison à la façade de stuc blanc, en bordure d'une rue large située non loin de la mer, puis, pendant les quatre derniers mois, au centre de rassemblement du champ de courses de Tanforan, à San Francisco –, mais voilà qu'elle était en route pour l'Utah, où elle allait vivre dans le désert. Le train était vétuste et poussif : il n'avait pas servi depuis des années. Aux cloisons étaient fixées des appliques à gaz cassées, et la locomotive fonctionnait avec une chaudière à charbon. Comme certains passagers étaient malades à cause du roulis irrégulier des voitures, les compartiments bondés empestaient le vomi et la transpiration, mais il y flottait aussi un très léger parfum d'orange. Un peu plus tôt ce matin-là, les soldats avaient déposé dans le wagon un cageot rempli de citrons et d'oranges. La fille adorait les oranges – cela faisait des mois qu'elle n'avait pas mangé d'orange fraîche – mais, en ce moment précis, l'idée d'en sucer une était bien loin de son esprit. Un cahot secoua le convoi et elle s'inclina pour cacher sa tête entre ses jambes.

— Je crois que je vais vomir, annonça-t-elle.

Sa mère lui donna un sac en papier brun, que la fille ouvrit avant de commencer à rendre. Son frère fourra la main dans la poche de son pantalon pour prendre un mouchoir en papier qu'il lui tendit. Elle en fit une boule en le serrant dans sa main, tandis que sa mère lui frottait doucement le dos.

— Ne me touche pas, dit la fille. Je veux être malade seule.

— C'est impossible, rétorqua sa mère.

Elle continua à lui caresser le dos et la fille ne repoussa pas sa main.

Vers midi, le train traversa une localité au sud de Winnemucca. Sous le ciel éclatant et limpide, les ombres tombaient au ras des édifices. Sur le flanc d'un château d'eau, la fille vit un grand panneau qui conseillait : À CHAQUE JOUR DE PAIE, ACHETEZ DES TITRES D'EMPRUNT DE GUERRE. Elle aperçut des publicités pour le whisky Old Schenley et pour l'émission de radio *The American Melody Hour*. Ils étaient toujours dans le Nevada et c'était toujours dimanche. On entendait sonner au loin des cloches d'église et les rues étaient pleines de gens endimanchés qui revenaient de l'office du matin. Sous des ombrelles aussi immaculées que leurs robes, trois jeunes filles passèrent en virevoltant. Un garçon vêtu d'un costume bleu sortit une fronde de la poche de sa veste et visa soigneusement un groupe de trois merles haut perchés sur un fil. Près des abords de l'agglomération, un homme et une femme franchissaient un pont à bicyclette et la fille se demanda s'ils étaient ensemble ou s'ils passaient le pont par hasard au même moment. La femme portait des lunettes de soleil noires, ainsi qu'un corsaire jaune qui dévoilait ses chevilles ; elle n'avait pas l'air de sortir de l'église. Elle riait et sa chevelure rousse, défaite, flottait au vent dans son dos. Se penchant par la vitre, la fille cria :

— Ohé !

Mais la femme était trop loin pour l'entendre : elle était en train de se laisser descendre en roue libre de l'autre côté du pont, cependant que l'homme, lui, pédalait juste derrière elle.

Alors que la locomotive faisait retentir son sifflet, la fille sentit une main lui appuyer sur l'épaule. Elle rentra la tête à l'intérieur de la voiture et, levant les yeux, se retrouva nez à nez avec un soldat. C'était un homme jeune, aux cheveux châtain clair dont on voyait des mèches s'échapper de dessous le bord de sa casquette. Il avait, sous l'œil droit, un grain de beauté qu'elle ne pouvait s'empêcher de contempler. Puis elle s'intéressa à ses yeux, et là encore, impossible d'en détacher le regard. Le soldat avait de très jolis yeux : ils étaient vert foncé et étaient plantés dans les siens.

— Mademoiselle, dit-il, baissez le store, baissez le store !

Il avait une voix à la fois douce et grave ; il ne souriait pas, mais elle savait que s'il le pouvait il le ferait. Elle ignorait d'où lui venait cette conviction, mais elle en était persuadée.

— Oui, monsieur, répondit-elle.

Elle baissa le store et le couple du pont disparut aussitôt. « Ils étaient ensemble », décida-t-elle intérieurement.

Tandis que le militaire descendait le couloir, lançant à la cantonade des « Baissez les stores, baissez les stores ! » de sa basse profonde et mélodieuse, elle lui fit chorus, doucement, à mi-voix. Puis, d'un timbre qui n'avait rien de doux, elle appela :

— Monsieur !

Elle n'avait pas eu l'intention de crier « Monsieur ! », mais le mot avait jailli involontairement de sa bouche.

— Monsieur ! redit-elle – c'était plus fort qu'elle. Monsieur, monsieur, monsieur !

Le soldat ne l'entendit pas.

Alors qu'elle se renversait contre le dossier de la banquette, le vieil homme assis en face d'elle pivota et lui glissa quelque chose en japonais. Il avait un visage très tanné, et son cou était plein de rides dues à ses nombreuses années passées au soleil. Il lui manquait deux doigts à une main. La fille secoua la tête et lui répondit qu'elle était désolée, mais qu'elle parlait uniquement anglais.

— *So, so, so*, dit l'homme.

Il se détourna, tira le rideau et l'intérieur de la voiture se fit un peu plus sombre.

Lorsque le soldat arriva au bout du wagon, il effleura de la main droite le pistolet accroché à sa ceinture pour s'assurer qu'il était toujours là ; elle songea alors qu'il lui avait touché l'épaule de la même façon – d'un geste doux, avec la même main – et espéra qu'il allait revenir. Puis le dernier store fut abaissé, plongeant la voiture dans l'obscurité complète, et il ne lui fut plus possible de voir le militaire. Désormais il lui était impossible de voir quiconque, et personne, de l'extérieur du train, ne pouvait la voir. Il y avait les gens qui se trouvaient à l'intérieur du train et ceux qui se trouvaient à l'extérieur et, entre les deux, il y avait les stores. Un homme qui marcherait le long des voies ne verrait qu'un convoi aux fenêtres noires le dépasser en ce milieu de journée. Il se dirait : « Tiens, voilà le train », puis n'y penserait plus. Il penserait à d'autres choses. Il se demanderait ce qu'il y aurait pour le dîner peut-être, ou bien qui était en train de gagner la guerre. Elle savait que c'était mieux ainsi. La dernière fois qu'ils avaient traversé une ville avec les rideaux relevés, quelqu'un avait jeté une pierre à travers une vitre.

Le convoi ralentit pour franchir un pont sur chevalets qui enjambait le lit asséché d'une rivière. Après celle-ci, il n'y avait plus d'autres localités le long de la voie ferrée, seulement la route nationale, et il était donc permis de remonter les stores. La fille tira sur le cordon suspendu au bas du rideau et la voiture se retrouva inondée de soleil.

— Tu crois qu'on verra des chevaux ? lui demanda son frère.

— Je n'en sais rien, répondit la fille.

Puis elle se souvint de l'histoire qu'elle avait lue dans *National Geographic* à propos des mustangs. C'étaient les Espagnols qui les avaient amenés ici, il y avait plusieurs siècles de cela, et des milliers de ces animaux erraient à présent en toute liberté. Chaque automne, ils descendaient des collines pour aller paître dans les hautes plaines du désert. Si un cow-boy avait besoin d'une nouvelle monture, il lui suffisait d'aller se servir. C'était aussi simple que cela. Elle s'imagina un cow-boy claquer des doigts et un cheval, un étalon blanc sauvage, galoper vers lui dans un tourbillon de poussière brûlante.

Alors elle dit au petit garçon qu'ils allaient probablement en voir. Oui, ils allaient voir probablement des chevaux, parce qu'il y avait plus de mustangs au Nevada que dans n'importe quel autre État. Elle avait également lu cette information dans *National Geographic*.

— À ton avis, on en verra combien ?

— Huit, peut-être.

Cette réponse parut satisfaire le garçon, qui posa la tête dans le giron de sa sœur et sombra dans le sommeil.

La fille était encore trop épuisée pour dormir. Elle s'appuya contre la vitre et tenta de se souvenir de la première fois où son frère s'était mis à parler des chevaux. Cela avait commencé à Tanforan, elle en était quasiment certaine. Durant tout l'été, ils avaient logé dans les anciennes stalles de l'écurie située derrière le champ de courses. Le matin, ils se lavaient la figure dans les longs abreuvoirs en fer-blanc et, la nuit, ils dormaient sur des matelas rembourrés de paille. Deux fois par jour, quand retentissait la sirène, ils rentraient aux stalles pour l'appel et, trois fois par jour, ils allaient encore faire la queue à la cantine installée sous les tribunes. Le soir de leur arrivée, son frère avait arraché les crins raides pris dans le mur fraîchement chaulé, puis s'était amusé à passer les doigts sur les marques laissées par les dents des bêtes sur le dessus de la porte à double vantail, là où le bois était tendre et usé. Les jours de forte chaleur, il sentait l'odeur des chevaux remonter du sol à travers le linoléum humide et, les jours de pluie, alors qu'elle restait à l'intérieur pour écrire à son père – là-bas, au fort Sam Houston ou à Lordsburg, ou Dieu sait où encore –, son frère, vêtu de son imperméable et chaussé de ses bottes de caoutchouc rouges, sortait pour aller vagabonder inlassablement sur la piste boueuse. Une nuit où les mouches étaient particulièrement agressives et où ils ne parvenaient pas à trouver le sommeil, il s'était redressé brusquement et, assis sur son lit, lui avait annoncé qu'il voulait devenir jockey quand il serait grand. Le garçonnet n'était jamais monté à cheval de sa vie.

— Un jockey est un petit homme, lui avait-elle rétorqué. Est-ce que tu veux devenir un petit homme, quand tu seras grand ?

Il n'arrivait pas à se décider. Est-ce qu'il désirait monter des chevaux ? Oui. Est-ce qu'il désirait être un petit homme ? Non.

— Monte à cheval ! avait crié Mr. Okamura de la stalle attenante.

— Mange bien, deviens un robuste petit Américain ! avait répliqué Mr. Ito, deux stalles plus loin.

Le lendemain, les menuisiers étaient venus clouer un treillis métallique aux fenêtres, après quoi les mouches n'avaient plus jamais été aussi pénibles que ce soir-là. Pendant longtemps, le garçon ne lui reparla plus de chevaux ou de quoi que ce fût en pleine nuit : il dormait, tout simplement.

Vers la fin de l'après-midi, le train vint à manquer d'eau. Le soleil frappait les vitres sales, rendant l'atmosphère chaude et étouffante à l'intérieur de la voiture. Au cours de la nuit, dans les montagnes qui dominaient Tahoe, le système de chauffage à la vapeur s'était déclenché et on n'arrivait plus à l'arrêter. Ou peut-être pouvait-on le faire, mais ne le voulait-on pas, la fille n'en savait rien. Elle transpirait et avait la bouche sèche.

— Regarde ça, lui dit le garçon.

Il était en train de feuilleter un grand livre – *La Chasse au gros gibier en Afrique* – et il s'interrompit pour montrer une photographie sur papier glacé qui représentait un farouche éléphant mâle chargeant dans la brousse africaine.

— À ton avis, qu'est-ce qui est arrivé à l'homme qui a pris cette photo ?

La fille plissa les yeux quelques instants et réfléchit.

— Il a été piétiné, conclut-elle.

Le garçon considéra l'animal longuement, avec gravité, avant de tourner la page, révélant alors une troupe de gazelles qui bondissaient avec grâce dans la savane. La fille quitta la banquette pour rejoindre l'avant du wagon, où s'étirait la queue pour les toilettes.

Tandis qu'elle prenait place dans la file, elle leva la main pour réarranger le nœud qu'elle avait dans les cheveux. C'était sa mère qui le lui avait attaché le matin même, mais il était trop lâche. La fille le resserra d'un coup sec, mais le ruban céda et sa chevelure lui dégringola sur les épaules. Elle jeta le ruban par terre.

— Ça va ? demanda l'homme planté derrière elle.

Il commençait à avoir les tempes grisonnantes, mais elle était incapable de dire s'il était jeune ou vieux. Il portait des lunettes rondes à monture en acier, ainsi qu'une superbe montre en or qui n'indiquait plus l'heure exacte.

— Je ne sais pas, répondit-elle. Qu'en pensez-vous ?
— Je pense que tu vas bien.

Il se pencha pour ramasser le ruban déchiré, dont il noua soigneusement les deux extrémités. Il avait de longs doigts fins qui allaient et venaient avec grande précision. Il tira une fois sur le nœud pour s'assurer qu'il ne lâcherait pas et constata qu'il tenait bon.

— Vous pouvez le garder, dit la fille.
— Ce n'est pas à moi.

Il le lui rendit et elle le glissa dans sa poche.

— Il fait chaud ici, non ?
— Très chaud, convint l'homme, qui sortit un mouchoir avec lequel il s'épongea le front.

Alors que le train abordait une courbe, la fille sentit ses jambes se dérober sous elle. Elle allongea le bras et appuya la main contre la cloison pour retrouver l'équilibre.

— La nuit dernière il faisait trop froid, dit-elle, mais maintenant il fait tellement chaud que j'ai du mal à respirer. Ça n'arrête pas de changer !

— C'est bien vrai.

Elle observa les initiales brodées en fil d'or dans le coin de son mouchoir et lui demanda ce que voulait dire le T.

— Teizo, mais mes amis m'appellent simplement Ted.

— Et le I ?

— Ishimoto.

— Est-ce que je peux vous appeler Ted ?

— Si tu veux.

— Est-ce que vous êtes riche ?

— Plus maintenant – il replia le mouchoir et le remit dans sa poche. Tu as un bien joli foulard.

— C'est mon père qui me l'a offert. Avant, il voyageait beaucoup. Il me l'a acheté la dernière fois qu'il est allé à Paris. Je lui avais demandé un flacon de parfum, mais il a oublié. À la place, il m'a rapporté ce foulard. Il est vraiment ordinaire, non ?

L'homme ne lui répondit pas.

— Il s'est aussi acheté une paire de chaussures, pendant qu'il était là-bas. Une paire fantaisie, avec plein de petits trous dans le cuir. Et puis des formes en bois pour mettre à l'intérieur le soir – elle considéra de nouveau son foulard, aux bords effilochés et usés. Le problème, c'est que j'avais déjà un foulard bleu. Il m'en avait rapporté un la dernière fois qu'il était allé à Paris – elle soupira. Ce n'est pas vraiment ce dont j'avais envie.

Ted Ishimoto ôta ses lunettes et les tint à contre-jour devant la vitre.

— Tu changeras peut-être d'avis plus tard – il souffla sur les verres, puis les essuya sur la manche de sa chemise. Est-ce que ton père est avec toi dans le train ?

— Non, répondit la fille. Ils l'ont envoyé dans un camp. Il est resté quelque temps à Missoula, puis il est allé au fort Sam Houston. Maintenant il se trouve à Lordsburg, au Nouveau-Mexique. Il nous a dit qu'il n'y avait pas d'arbres, là-bas.

— Pas d'arbres ! s'exclama l'homme, avant de secouer tristement la tête, comme si c'était là une chose à la fois étrange et affreuse. Est-ce qu'il t'écrit ?

La porte des toilettes s'ouvrit sur une femme qui sortit en adressant un sourire à la fille.

— C'est à toi, dit-elle.

La fille regarda Ted Ishimoto.

— Ne partez pas, supplia-t-elle.

Elle entra à son tour et contempla son visage dans le miroir accroché au-dessus du lavabo, sachant très bien l'image qu'il lui renvoyait : celle d'une fille ordinaire avec un foulard bleu ordinaire. Elle ouvrit le robinet, mais il était à sec. Elle renversa la tête en arrière et fit : « Aaaah », puis elle sourit, mais juste un petit peu, en relevant uniquement les coins de la bouche. Elle ne se reconnaissait pas quand elle faisait cela : on aurait dit sa mère, mais en moins mystérieux.

Lorsqu'elle ressortit, elle tint la porte ouverte.

— Mon père ne m'écrit jamais, déclara-t-elle.

Mais c'était faux : depuis son arrestation en décembre dernier, il lui avait écrit toutes les semaines et elle avait conservé chacune de ses cartes postales.

— C'est dommage, se désola Ted Ishimoto.

Il tendit la main vers la porte, mais elle ne la lâcha pas tout de suite et montra du doigt le couloir du wagon.

— Est-ce que vous voyez cette dame, là-bas ?

Il fit oui de la tête.

— Est-ce que vous la trouvez jolie ?

— Elle est charmante.

— C'est ma mère.

— Ta mère est une très belle femme.

— Je sais. Tout le monde le dit. Elle nous regarde.

— C'est son travail, expliqua-t-il. Elle est fatiguée, je le vois dans ses yeux. Dis-lui que tout va bien se passer – il s'inclina rapidement et entra dans les toilettes. À présent, si tu veux bien m'excuser…

La fille libéra les W.-C. et retourna d'un pas lent jusqu'à sa banquette. Au milieu du couloir, une fillette de cinq ou six ans s'amusait à même le sol avec une poupée sale aux cheveux blonds bouclés et aux grands yeux de porcelaine qui s'ouvraient et se fermaient.

— Comment s'appelle ta poupée ?

— Miss Shirley – la petite souleva son jouet d'un air timide. Maman me l'a achetée sur le catalogue Sears.

— Elle est belle.

— Je ne peux pas te la donner.

— Ce n'est pas grave.

La fille poursuivit son chemin. Elle dépassa de nombreux passagers qui ronflaient dans leur sommeil, ainsi qu'un homme qui s'était endormi, un journal plié posé sur la figure. Elle vit une jeune femme en train de lire *Burma Surgeon*[1] et un monsieur

---

1. Roman de Gordon S. Seagrave qui relate les aventures d'un médecin exerçant dans une mission en Birmanie.

plus âgé plongé dans le dictionnaire Webster's, dont il soulignait certains mots au crayon rouge. Elle remarqua deux garçons qui se disputaient une place près de la fenêtre et deux dames, la cinquantaine, assises sagement côte à côte et qui tricotaient des paires parfaitement identiques de grosses chaussettes de laine, en prévision des rigoureux mois d'hiver à venir.

Lorsque la fille regagna sa banquette, le vieil homme qui occupait le siège opposé se retourna au moment où elle s'installait et lui dit de nouveau quelque chose ; une fois de plus elle ne comprit pas ses paroles. Elle se demanda où se trouvait son épouse et s'il avait même une épouse. Elle chercha du regard son annulaire, mais c'était un des deux doigts manquants.

— Qu'est-ce qu'il dit ? chuchota-t-elle à sa mère.
— Il parle de fraises. Avant, il cultivait des fraises.
— C'est très bien, dit la fille au vieillard.
Il inclina la tête et sourit.
— Il ne comprend pas ce que tu lui racontes, fit observer sa mère.
— Mais si.
Sa mère sortit une brosse à cheveux de son sac à main.
— Tourne-toi.
La fille pivota pour faire face à la vitre, puis ferma les yeux tandis que sa mère commençait à lui brosser les cheveux.
— Tire fort, insista-t-elle.
— Où est passé ton nœud ?
— Plus fort – la brosse produisait un bruit semblable à celui d'un tissu soyeux qui se déchire. Il est tombé.
— Tu as de si jolis cheveux, tu devrais les porter lâchés plus souvent.

— Il fait trop chaud.

— À qui parlais-tu, là-bas ?

— À personne, répondit la fille. À un monsieur ; un monsieur riche – elle marqua une pause. Ted, reprit-elle d'une voix douce. Il m'a dit de te dire que tout allait bien se passer.

— Ça, il ne peut pas le savoir.

— Il a aussi dit que tu étais belle.

— Ah bon ?

— Si, c'est vrai.

— Il ne faut pas croire tout ce que racontent les hommes.

La fille se retourna et considéra le visage de sa mère. Il y avait, autour de ses yeux, de fines rides qu'elle n'avait jamais remarquées auparavant.

— Quand as-tu arrêté de mettre du rouge à lèvres ?

— Il y a deux semaines. Il ne m'en restait plus.

La fille se leva et secoua sa chevelure. Par la vitre, elle aperçut un restaurant appelé *Dinah's Shack*[1] qui se dressait au bord de la nationale. Trois gros camions stationnaient devant. Il n'y avait aucun autre bâtiment à des milles à la ronde. Des bandes jaune vif étaient peintes sur l'asphalte, mais les poids lourds ne s'étaient pas rangés entre celles-ci. Ils s'étaient garés où ils voulaient. La porte du routier s'ouvrit sur un homme portant bottes et chapeau de cow-boy, qui sortit dans la chaleur de l'après-midi en riant de quelque plaisanterie que quelqu'un, à l'intérieur (peut-être était-ce Dinah), venait de lui raconter. Lorsqu'il vit le train, il s'immobilisa et regarda les voitures passer, puis il toucha le bord de son stetson de l'index

---

1. *La Cabane de Dinah.*

avant de traverser le parking pour rejoindre son semi-remorque.

La fille ignorait ce que cela voulait dire, quand un homme touchait son chapeau. Peut-être la même chose qu'un salut de la tête ou un bonjour. Cela signifiait que l'on vous avait vu. Ou peut-être cela ne signifiait-il rien du tout. Elle fourra la main dans la poche de sa robe et tripota le nœud de son ruban, puis elle la ressortit pour attraper son foulard et se tourna vers son frère.

— Dis-moi, l'interrogea-t-elle, n'est-ce pas le plus beau foulard que tu aies jamais vu ?

Le garçon se redressa sur la banquette, puis battit plusieurs fois des paupières.

— Sois franc, dit-elle.
— Je le suis toujours.
— Alors ?

Le garçon marqua une pause.

— Je me souviens que tu en avais un plus joli, l'an dernier.

— Je ne portais pas de foulard, l'an dernier.

La fille se retourna et regarda au bout du couloir pour voir si Ted Ishimoto était déjà sorti des toilettes. La porte s'ouvrit et une jeune femme qui tenait un bébé en émergea. Le bébé pleurait et sa figure était toute rouge. Le devant du chemisier de la femme était mouillé. Ted Ishimoto avait disparu.

Elle fouilla dans sa valise pour y prendre un jeu de cartes usagé, qu'elle se mit à battre.

— Choisis une carte, dit-elle au garçon, n'importe laquelle.

Le garçon ne lui répondit pas. Il était occupé à chercher quelque chose dans sa propre valise.

— Très bien, alors moi je vais en choisir une – elle piocha une carte au milieu du jeu et la glissa dehors par la vitre baissée. Devine laquelle c'était.

— En ce moment, je n'ai pas envie de jouer aux cartes.

— Qu'y a-t-il ?

— Rien, répondit le garçon. J'ai oublié mon parapluie. Je croyais l'avoir emporté, mais je l'ai oublié.

Sa mère lui donna une orange.

— On ne peut pas penser à tout, le consola-t-elle.

— Et même quand on peut, on ne devrait pas, intervint la fille.

— Je ne dirais pas cela, corrigea sa mère.

— Tu ne l'as pas dit.

— Nous te trouverons un autre parapluie quand nous descendrons du train, assura la mère au garçon.

— Nous ne descendrons jamais de ce train, affirma la fille.

— Si, dit la mère. Demain.

Le garçon se mit à se frapper le côté du crâne avec l'orange.

— Arrête ! ordonna sa mère.

Le garçon arrêta. Il mordit à belles dents dans l'écorce épaisse du fruit, dont le jus s'écoula le long de son menton.

— Pas comme ça, le réprimanda sa mère.

Elle lui reprit l'orange et commença à la peler lentement, en un seul geste continu. Au fond, ils avaient tout leur temps.

— Comme ça, expliqua-t-elle.

Elle avait des mains fines à la peau blanche, sur lesquelles les taches de l'âge n'étaient apparues que récemment. Elle s'était mariée tard, avait eu ses enfants tard, et maintenant elle commençait à vieillir précocement.

— Tu as bien vu ? demanda-t-elle.

— Oui, répondit le garçon.

Il ouvrit la bouche et elle lui déposa un quartier d'orange sur la langue.

La fille glissa les cartes restantes une à une par la fenêtre jusqu'à ce qu'elle n'en eût plus qu'une seule entre les doigts : le six de trèfle. Le six de trèfle ne lui évoquait rien de spécial. Elle retourna la carte et contempla la photo des chutes de Glacier imprimée au dos. L'année précédente, au cours de l'été, son père avait loué les services d'un chauffeur indien – « Un hindou », avait-il plaisanté – pour les emmener au parc national de Yosemite, où ils avaient séjourné à l'hôtel *Ahwahnee* pendant une semaine. Elle avait acheté le jeu de cartes à la boutique de cadeaux, tandis que son frère, lui, choisissait un tomahawk en bois rouge. Chaque soir, ils dînaient sous les imposants lustres de la salle à manger richement décorée. Les garçons étaient vêtus de smokings, lui donnaient du « Mademoiselle » et lui servaient tout ce qu'elle réclamait sur un plateau rond en argent. Chaque soir, elle demandait la même chose : du homard. Le homard de l'hôtel *Ahwahnee* était succulent.

Elle écrivit son nom sur la face du six de trèfle et glissa celui-ci à son tour par la fenêtre.

Vers le début de soirée, le train se trouvait à proximité d'Elko. Au bord de la route, un homme descendit d'un vieux pick-up rouge. Une femme était assise sur le siège du passager, les yeux fixés droit devant elle. La fille savait ce que la femme regardait ainsi, comme hypnotisée : rien. Il n'y avait rien à voir au-delà du pare-brise. L'homme bourrait la portière du véhicule de coups de pied, cependant qu'un nuage de fumée s'échappait de dessous le capot.

— Vas-y ! Cogne, cogne, cogne ! s'écria la fille.

Un corbeau traversa le ciel, puis le pick-up disparut. Son frère lui tapa sur le bras.

— Quoi ?

— Il a été piétiné, dit-il. L'homme de la photo a été piétiné.

Il se lécha le bout du doigt et grava un X dans la couche de poussière qui recouvrait la vitre. La fille ouvrit sa valise et lui donna une feuille de papier avec un crayon.

— Tiens, dit-elle, tu peux dessiner là-dessus.

Le garçon traça un grand carré, à l'intérieur duquel il croqua un petit homme en costume, avec des embauchoirs géants en guise de pieds.

— C'est papa, expliqua-t-il.

Il ajouta une moustache à son personnage, mais quelque chose clochait dans cette moustache.

— Elle est trop large, fit observer sa sœur.

— C'est ça !

Il gomma la moustache ainsi qu'une partie de la bouche de l'homme, puis redessina la moustache – plus fine, cette fois –, mais omit de retoucher la bouche. Il rendit le crayon à sa sœur.

— À toi, dit-il.

Elle prit le crayon et figura un ciel étoilé au-dessus de la tête du bonhomme.

— Fais-lui aussi un chapeau.

Elle dessina un feutre noir à large bord, dont le ruban retenait une minuscule plume. La fille était très bonne en dessin. Deux ans plus tôt, elle avait eu le premier prix de l'école primaire Lincoln pour son dessin au trait d'une pomme de pin. Elle s'était simplement concentrée sur sa vision du cône et le dessin s'était fait tout seul. C'était à peine si elle avait regardé son crayon.

Le garçon ne tarda pas à s'endormir et elle sortit de sa valise les cartes postales de son père. Sur l'une d'elles, un homme, qui paraissait tout petit, était en train de pêcher, installé sur la berge d'une rivière. Au-dessous étaient inscrits les mots : *Souvenir du*

*Montana, l'État aux mille richesses*. Une autre montrait la plus haute cheminée d'usine du monde. La plus haute cheminée d'usine du monde se trouvait à Anaconda, dans le Montana. Puis elle passa rapidement en revue les photos d'habitations troglodytiques et de villages indiens du Sud-Ouest pour enfin arriver à celle du Seth Hall Gymnasium, dans l'enceinte du lycée de Santa Fe – la plus grande et la meilleure salle de spectacle du Nouveau-Mexique. Le bâtiment ressemblait à une énorme maison d'adobe cubique, mais avec des fenêtres munies de barreaux entrecroisés. Au dos de la carte, son père lui avait griffonné un petit mot : *L'été a fini par arriver. Je suis en bonne santé et j'espère que vous vous portez tous bien. Je sais que c'est bientôt ton anniversaire. Fais-moi donc savoir ce qui te ferait envie et je le commanderai au grand magasin* City of Paris, *à San Francisco, en leur demandant de te l'expédier. Sois gentille avec ta mère pendant mon absence. Je t'embrasse, Papa.* Au bas de la carte, il y avait un P.-S. suivi d'une ligne de texte qui avait été censurée. Elle se demanda ce que son père avait voulu lui dire. Elle ne lui avait pas répondu – chaque journée ressemblait à la précédente et elle ne voyait pas quelles nouvelles elle aurait bien pu lui donner –, mais elle avait quand même reçu au courrier le foulard de soie bleue et le petit flacon de parfum *Sweet Serenade* le jour de son anniversaire. Voilà longtemps qu'il ne lui restait plus de *Sweet Serenade*. Elle ne se rappelait même plus quelle odeur il avait.

De l'autre côté de la vitre, le crépuscule tombait. Les montagnes s'embrasaient le long des crêtes et, derrière elles, le ciel avait tourné au violet foncé. Un soldat – pas le même que précédemment – traversa la voiture en lançant : « Baissez les stores ! » Du coucher au lever du soleil, ils devaient laisser les stores tirés. Elle rangea les cartes postales et baissa le rideau. Sa mère posa une vieille valise en bois sous la fenêtre et s'assit sur le couvercle pour permettre aux enfants d'avoir les banquettes pour eux seuls.

— Allongez-vous et essayez de dormir, leur dit-elle.

Plus tard ce soir-là, la fille fut réveillée par un fracas de verre brisé. Quelqu'un avait jeté une brique dans une vitre, mais comme les appliques à gaz étaient cassées, impossible de voir ce qui s'était passé tant il faisait noir dans le wagon. Elle était en sueur, elle avait la gorge sèche et douloureuse, elle avait envie d'un verre de lait, mais était incapable de se rappeler où elle était. D'abord, elle se crut dans sa chambre tapissée de jaune, à l'étage de la maison à la façade de stuc blanc, à Berkeley, mais elle ne voyait pas l'ombre de l'orme sur le mur jaune – ni même le mur jaune, d'ailleurs – et elle comprit qu'elle ne se trouvait pas là, mais dans les stalles du champ de courses de Tanforan. Seulement à Tanforan il y avait des moucherons et des puces, et aussi l'odeur épouvantable des chevaux, sans oublier le vacarme des voisins qui, de chaque côté, se disputaient jusque tard dans la nuit. À Tanforan, les cloisons qui séparaient les stalles n'atteignaient pas le plafond et il était impossible de dormir. Or la fille avait dormi. À l'instant, elle dormait encore. Elle avait dormi et avait une nouvelle fois rêvé de son père ; alors elle sut qu'elle n'était pas à Tanforan non plus.

Elle appela sa mère.

De son siège de fortune, sur le couvercle de la valise, sa mère tendit la main et la posa sur le front de la fille, puis lui caressa la tête, lissant en arrière sa chevelure noire et moite en disant :

— Chut, mon bébé.

La fille, qui n'arrivait toujours pas à se rappeler où elle était, se souvint que sa mère ne l'appelait plus « bébé » depuis bien longtemps, depuis l'été où Chien-Blanc s'était échappé et n'était pas rentré de toute une semaine. C'était avant que Chien-Blanc devienne un vieux chien fatigué, avant qu'il se blesse la patte avec la tondeuse à gazon. C'était à l'époque où Chien-Blanc était encore un jeune chien blanc bruyant, qui aboyait après tout ce qu'il voyait, nullement impressionné par les dimensions de l'objet de son impétuosité. C'était à l'époque où la fille n'avait encore que huit ans et où son père l'avait laissée aller seule jusqu'à la boutique du coin un dimanche, une poignée de *cents* dans la main, pendant qu'il la surveillait de la véranda du devant. Elle était rentrée avec l'épaisse édition dominicale du *San Francisco Chronicle* et ils étaient restés assis à la cuisine à boire de grands verres de chocolat chaud fumant tout en lisant les bandes dessinées – d'abord *Dick Tracy* et *Moon Mullins*, puis sa préférée, *L'Invisible Scarlet O'Neil* –, tandis que la maisonnée dormait encore. À présent elle avait onze ans et elle n'arrivait pas à se rappeler où elle était. C'était tard dans la nuit, sa mère l'appelait « bébé » et lui demandait si ça allait.

— Bien sûr que ça va, répondit la fille. Je veux seulement un verre de lait – elle allongea le bras dans l'obscurité et promena les doigts sur le revêtement lisse des parois du train. Où est Chien-Blanc ?

— Nous ne pouvions pas l'emmener avec nous.

— Où est-il ?

— Nous l'avons laissé à la maison. Nous sommes dans le train.

La fille se redressa pour s'asseoir sur sa banquette, puis empoigna la main de sa mère.

— J'ai rêvé de papa, expliqua-t-elle. Il portait ses chaussures françaises fantaisie et nous étions sur un bateau qui allait à Paris. Il chantait encore cette chanson…

Elle commença à fredonner l'air, car elle ne se souvenait plus des paroles.

— *In the Mood*[1], dit sa mère.

— Oui, c'est ça, *In the Mood*.

— Quel genre de bateau c'était ? murmura le petit garçon.

— Une gondole.

— Alors vous étiez à Venise.

— Bon, admettons, concéda la petite fille.

Elle tira le rideau pour contempler les ténèbres qui enveloppaient le Nevada et surprit un troupeau de mustangs galopant dans le désert. Sous un ciel illuminé par la lune, les silhouettes sombres des chevaux divaguaient et tournoyaient dans la lumière argentée, en soulevant derrière elles de gros nuages de poussière qui s'inscrivaient dans l'air comme autant de preuves de leur passage. La fille releva le store, puis attira son frère auprès d'elle et, d'un geste tendre, lui plaqua le visage contre la vitre. Lorsqu'il vit à son tour les bêtes, avec leurs longues jambes, leur crinière qui volait au vent et leur robe brune lustrée, il laissa échapper un faible gémissement qui ressemblait à une plainte de douleur, mais ne l'était en aucun cas. Il contempla les chevaux qui filaient vers les montagnes et, d'une voix très douce, constata :

— Ils s'en vont.

---

1. Célèbre morceau de Glenn Miller.

Puis un soldat muni d'une lampe torche et d'un balai entra dans la voiture et descendit le couloir. La fille laissa le rideau retomber contre la fenêtre et dit à son frère d'aller se rasseoir sur sa banquette.

— Où est cette brique ? demanda le militaire.

— Ici, répondit une voix.

La fille resta assise en silence, à écouter le soldat balayer les éclats de verre.

— Baissez les stores... se dit-elle. Baissez les stores...

Puis elle ferma les yeux et s'endormit.

Au cours de la nuit, le train franchit la frontière de l'Utah. Il traversa l'immensité aride du désert du Grand Lac Salé, puis le Grand Lac Salé lui-même. Sombre et peu profond, sans débouché sur la mer, le lac était ce qu'il avait toujours été – une étendue d'eau très ancienne, où jamais rien ne sombrait –, mais la fille ne le vit pas. Elle dormait à poings fermés et pourtant, même dans son sommeil, le murmure de l'onde était parvenu jusqu'à elle. Une heure plus tard, le convoi s'arrêta en gare d'Ogden pour s'approvisionner en eau et en glace, et la fille, qui avait soif, ne se réveilla toujours pas. Elle continua à dormir pendant la traversée de Bountiful, de Salt Lake City, puis de Spanish Fork, et n'ouvrit pas les yeux avant l'arrivée à Delta, le lendemain matin. À son réveil, elle ne se souvenait pas du clapotis des flots, mais il l'avait accompagnée à son insu : le chant du lac était en elle. À Delta, des soldats armés de fusils à baïonnette les escortèrent hors du train et la fille descendit les marches métalliques une à une, sa valise à la main, avant de poser le pied sur la terre ferme. L'air était immobile, chaud, et elle n'entendait plus la plainte sourde de la locomotive ou encore le cliquetis des roues sur les rails de fer. Elle se protégea les yeux de la main.

— La lumière est trop éblouissante, dit-elle.
— Et même insupportable, renchérit sa mère.
— Avancez, s'il vous plaît, les pressa un militaire.

Le garçon annonça qu'il était trop fatigué pour marcher. Sa mère posa ses bagages par terre, fouilla dans son sac à main et lui tendit un morceau de chewing-gum Chiclets, qu'elle avait mis de côté depuis plusieurs semaines déjà. Il le glissa dans sa bouche, puis suivit sa mère et sa sœur entre la double haie de soldats pour aller rejoindre les autocars qui, dès les heures précédant l'aube, s'étaient garés là dans l'attente de leur arrivée.

Ils montèrent à bord de l'un des véhicules et parcoururent lentement les rues ombragées de la ville. Ils dépassèrent le palais de justice, puis une quincaillerie et un restaurant rempli d'hommes affamés qui prenaient leur petit déjeuner avant de partir au travail. Ils brûlèrent un feu orange et firent une embardée pour éviter un chien errant. Ils longèrent des alignements de maisons blanches aux vérandas de bois et aux pelouses irréprochables, et atteignirent enfin la sortie de l'agglomération. Ils roulèrent ensuite pendant plusieurs milles dans un paysage très agréable de fermes et de champs de luzerne. Puis le car s'engagea sur une route fraîchement asphaltée qui filait en ligne droite parmi quelques rares buissons d'armoise et d'ansérine avant d'arriver à Topaz. Une fois à Topaz, l'autocar s'arrêta. La fille regarda par la vitre et vit des centaines de baraques en papier goudronné écrasées sous un soleil de plomb. Elle vit des poteaux téléphoniques et des clôtures de fil de fer barbelé. Elle vit des soldats. Et tout ce qui s'offrait à ses yeux, elle le contemplait au travers d'un voile de fine poussière blanche, qui jadis avait constitué le fond d'un ancien lac salé. Le garçon se mit à tousser et la fille dénoua son foulard, puis le lui fourra dans la main en lui recommandant de l'appliquer contre son nez et sa bouche. Il se plaqua le foulard sur le visage, prit la main de sa sœur et tous deux descendirent du car pour plonger dans la blancheur aveuglante du désert.

## QUAND L'EMPEREUR ÉTAIT UN DIEU

Au début, le garçon avait l'impression de voir son père partout. Devant les latrines. Sous les douches. Appuyé contre les encadrements de porte. Occupé, après le déjeuner, à jouer au go sur les étroits bancs en bois avec les autres hommes, invariablement coiffés de leurs chapeaux de paille à bord souple. Au-dessus de leur tête, un ciel d'azur. Le soleil brûlant de midi. Aucun arbre. Aucune ombre. Des oiseaux.

On était en 1942. Dans l'Utah. À la fin de l'été. Dans une ville de baraques en papier goudronné ceinte de barbelés, au cœur des terres alcalines d'une haute plaine poussiéreuse du désert. Le vent était chaud et sec, la pluie rare, et partout où le garçon portait son regard, il le voyait : papa, papounet, père, *Oto-san*.

Car c'était vrai qu'ils se ressemblaient tous : cheveux noirs, yeux bridés, pommettes hautes, lunettes à verres épais, lèvres fines, dents cariées, énigmatiques, impénétrables.

C'était lui, là-bas.

Le petit homme jaune.

Trois fois par jour, la sonnerie des cloches. Les queues interminables. L'odeur de foie qui flottait au-dessus du toit noir des baraquements. L'odeur de poisson-chat. De temps à autre, l'odeur de la viande de cheval. Les jours sans viande, l'odeur de haricots. À l'intérieur du réfectoire, le cliquetis des fourchettes, des cuillers et des couteaux. Pas de baguettes. Un océan immense de chevelures de jais qui s'agitaient de haut en bas. Des centaines de bouches qui mastiquaient. Buvaient à grand bruit. Suçotaient. Avalaient. Et là-bas, dans le coin, au-dessous du drapeau, un visage familier.

Le garçon appela :
— Papa !
Trois hommes qui portaient des verres épais à monture métallique levèrent le nez de leur assiette en demandant :
— *Nan desu ka ?*
« Qu'y a-t-il ? »
Mais le garçon était incapable de dire ce qu'il y avait.

Il baissa la tête et embrocha une petite saucisse de Francfort. Sa mère lui rappela une fois de plus qu'il ne devait pas crier en public. Et qu'il ne devait jamais parler la bouche pleine. Harry Yamaguchi frappa un verre avec une cuiller et annonça que l'appel aurait lieu lundi soir. Du bout éraflé de ses babies, la sœur du petit garçon lui donna sans ménagement un coup sous la table.

— Papa est parti, chuchota-t-elle.

On leur avait attribué une chambre dans l'un des baraquements d'un secteur proche de l'enceinte du camp. Le garçon, la fille, leur mère. La pièce abritait trois lits pliants en fer, un poêle ventru et, suspendue au plafond, une unique ampoule nue. Une table de fortune, faite avec des cageots. Sur une étagère en bois brut, un vieux poste de radio Zenith, qu'ils avaient apporté de Californie. Une pendule en fer-blanc. Un pot empli de fleurs en papier. Une boîte de sel. Une photo de Joe DiMaggio[1] arrachée d'un magazine puis punaisée au mur à côté d'une petite fenêtre. Il n'y avait pas l'eau courante et les toilettes se trouvaient à quelques allées de distance.

Loin d'ici, de l'autre côté de l'océan, il y avait des combats et, le soir, allongé sur sa paillasse, le garçon écoutait les bulletins d'informations à la radio. Parfois, dans l'obscurité, des bruits lui parvenaient des chambres voisines. Le son mat d'un pas lourd. Le bruissement des cartes à jouer que l'on battait. Et, sans cesse, des grincements de ressorts. Il entendit une femme murmurer : « Plus bas, plus bas… oui, là… », et un homme à la voix haut perchée chanter : « *Auf Wiederseh'n, ma douce, auf Wiederseh'n.* »

— Allons, Frank, dis *sayonara*, dit quelqu'un.

— *Bonsoir*[2] *!* dit un autre.

— Mais taisez-vous donc, je vous en prie ! dit un troisième.

Quelqu'un d'autre éructa.

Au-dessus du lit du petit garçon se trouvait une fenêtre, par laquelle on voyait les étoiles et la lune, ainsi que les sombres rangées de baraquements qui semblaient s'aligner à l'infini sur le sable. Au loin, une vaste étendue, où il ne poussait rien que des buissons d'armoise, puis les barbelés et les hauts miradors en bois. Dans chacun, il y avait un garde, armé d'une mitrailleuse et équipé de jumelles, qui, la nuit tombée, balayait le camp avec le projecteur. Il avait des cheveux bruns et des yeux verts, ou peut-être bleus, et venait de rentrer au pays après avoir servi dans le Pacifique.

---

1. Célèbre joueur de base-ball américain (1914-1999).
2. En français dans le texte.

Lors de leur première journée dans le désert, sa mère lui avait dit d'être prudent :

— Ne touche pas les barbelés, l'avait-elle averti, ne parle pas aux gardes dans les miradors. Ne regarde pas directement le soleil. Et n'oublie pas : ne prononce jamais le nom de l'empereur à haute voix.

Le garçon portait une casquette de base-ball bleue et prenait soin de ne pas regarder directement le soleil. Il se promenait souvent le long du coupe-feu, la tête baissée et les mains dans les poches, scrutant le sable à la recherche de coquillages et de vieilles pointes de flèches indiennes. Certains jours, il voyait des crotales qui dormaient sous les buissons d'armoise. D'autres jours, il repérait des scorpions. Une fois, il découvrit par hasard un crâne de cheval blanchi par le soleil. Une autre fois, il rencontra un vieillard vêtu d'un kimono de soie rouge, un seau de fer-blanc à la main, qui lui annonça qu'il descendait à la rivière.

Quand le garçon passait à l'ombre d'un mirador, il rabattait sa casquette sur ses yeux en s'efforçant de ne pas proférer le nom.

Mais celui-ci lui échappait de temps en temps :

— Hirohito, Hirohito, Hirohito…

Il le disait doucement. Rapidement. Il le chuchotait.

Durant le voyage en train à travers le désert, il s'était endormi la tête sur les genoux de sa sœur et avait rêvé qu'il montait un énorme cheval blanc au bord de la mer. Tournant ses yeux vers l'horizon, il avait aperçu trois bateaux noirs qui voguaient au loin sur les flots. Les navires avaient traversé tout l'océan pour venir jusqu'ici. C'était l'empereur lui-même qui les avait envoyés. Ils avaient des voiles blanches et carrées, gonflées par le vent et fixées sur de grands mâts qui se dressaient fièrement vers le ciel. Il les avait regardés mettre lentement le cap sur la côte. Puis il s'était brusquement réveillé ; le convoi roulait d'un bord sur l'autre et une femme assise sur la banquette de derrière chantait d'une voix douce. L'aube pointait et sa sœur dormait profondément. Elle portait sa robe d'été jaune imprimée de petites fleurs blanches, parce que là où ils allaient, dans le désert, ce serait souvent l'été.

Cela ne ressemblait à aucun des déserts dont il avait entendu parler dans les livres. Ici, il n'y avait ni palmiers, ni oasis, ni caravanes de chameaux serpentant lentement parmi les dunes. Ici, il n'y avait que le vent et la poussière, et puis le sable brûlant.
Pendant l'après-midi, la chaleur s'élevait du sol par vagues. L'air miroitait au-dessus des baraquements. Il faisait 35 °C, 38 °C, 43 °C. Les vieillards s'asseyaient dehors sur les longs bancs étroits, sans parler, à tailler au couteau des baguettes de bois en regardant passer les heures. Le garçon jouait aux billes à même le plancher de la laverie. Il jouait aux dames chinoises. Avec les autres gamins de son secteur, il parcourait les allées séparant les bâtiments en jouant aux gendarmes et aux voleurs ou encore à la guerre. *Tuons les nazis ! Tuons les Japs !* Les jours où il faisait trop chaud pour sortir, il s'installait dans sa chambre, une serviette humide sur la tête, et feuilletait d'anciens numéros du magazine *Life*. Il voyait les villes européennes détruites par les bombardements et les troupes alliées qui fuyaient vers l'Inde à travers la moiteur torride de la jungle birmane. Sa sœur demeurait allongée sur son lit des heures durant à contempler, comme hypnotisée, les bottines blanches de majorette et

les hommes en peignoir de bain qui s'étalaient sur les pages du catalogue Sears & Roebuck. Elle écrivait à ses amies restées de l'autre côté de la barrière des lettres dans lesquelles elle leur racontait qu'elle s'amusait bien. « Comme j'aimerais que vous soyez là ! J'espère avoir bientôt de vos nouvelles. » Leur mère reprisait des chaussettes près de la fenêtre. Elle lisait. Elle leur fabriquait des cerfs-volants en papier, entrelaçant des ficelles de sacs de pommes de terre pour confectionner la queue. Elle s'inscrivit à des cours d'art floral. Elle apprit à faire du crochet – « Ça fait passer le temps » – et, dans la semaine qui suivit, il n'y eut pas un objet qui n'eût son napperon.

Cependant, leur activité principale était l'attente. Du courrier. Des informations. De la sonnerie. Du petit déjeuner, puis du déjeuner et enfin du dîner. De la fin d'une journée et du début de la suivante.

— Quand la guerre sera finie, dit la mère à son fils, nous bouclerons nos valises pour rentrer chez nous.

Il lui demanda dans combien de temps elle serait finie, à son avis. Dans un mois, peut-être ? Deux mois ? Un an à tout casser ? Elle secoua alors la tête et regarda par la fenêtre. Dehors, trois jeunes filles vêtues de robes blanches sales jouaient à la dame dans la poussière. « Oh, flûte ! » s'écriaient-elles, ou encore : « Bonjour très chère, un peu de thé ? », tandis que, au loin, des corbeaux se laissaient porter par les courants d'air ascendants.

— On ne peut pas savoir, répondit-elle.

De l'autre côté du mur contre lequel était plaqué le lit du garçon logeaient un homme et sa femme, ainsi que la vieille mère de l'épouse, Mrs. Kato, qui, nuit et jour, parlait toute seule. Elle portait une robe d'intérieur à fleurs, avec de toutes petites pantoufles blanches, et s'appuyait sur une canne. Le soir, après le dîner, le garçon la voyait souvent debout dans l'embrasure de la porte, une petite valise en osier à la main, s'efforçant de se remémorer le chemin de la maison. Fallait-il prendre à gauche dans Ward Street, puis à droite dans Grove Street ? Ou bien à droite dans Ward Street et à gauche dans Grove Street ? Et d'abord, quand donc avaient-ils enlevé tous les poteaux qui portaient les plaques de rues ? Qui diable avait eu cette brillante idée ? Devait-elle continuer à attendre le bus ? Ou devait-elle tout simplement commencer à rentrer à pied ? Et lorsqu'elle serait enfin arrivée, alors quoi ?

— Les jonquilles, lui criait pas trop fort le garçon.
— Ah oui, bien sûr ! Je ne dois pas oublier de planter les jonquilles. Et puis il faut finir de réparer la barrière.

Elle disait qu'elle entendait sa mère l'appeler de loin, mais que ces derniers temps, sa voix commençait à lui sembler de plus en plus distante.

— Je suppose qu'il fallait s'y attendre, concluait-elle.

Elle disait aussi : « Ma foi ! » et puis : « C'est comme ça. »

Elle disait : « Il y a quelque chose de bizarre dans cet endroit, mais je n'arrive pas à deviner quoi. »

Elle disait : « Tout le monde ici a l'air tellement sérieux ! »

L'homme qui récurait les casseroles à la cantine avait jadis été directeur commercial d'une société d'import-export de San Francisco. Le responsable du nettoyage et de l'entretien avait été pépiniériste à El Cerrito. Le cuisinier avait toujours été cuisinier – *une cuisine est une cuisine : pour moi, ça ne change rien*. La serveuse avait été domestique à demeure pour le compte d'une riche famille d'Atherton – *les enfants m'écrivent encore toutes les semaines pour me demander quand est-ce que je vais rentrer à la maison.* L'homme qui, planté devant les latrines, criait « Alléluia ! Alléluia ! » avait été clochard dans les rues d'Oakland – *c'est lui, l'illuminé qui beuglait « Alléluia ! »* La vieille dame qui passait ses journées à jouer au bingo avait travaillé dans les fraiseraies de Mount Eden pendant vingt-cinq ans sans jamais prendre un seul jour de vacances – *moi contente être ici. Mieux que Mount Eden. Pas cuisiner, pas travailler, juste laver linge, très bien.*

Un soir, alors que la mère du garçon rapportait à grand-peine un seau d'eau des toilettes, elle rencontra par hasard son ancienne femme de ménage, Mrs. Ueno.

— Quand elle m'a vue, elle m'a arraché le seau des mains et a insisté pour le porter jusqu'ici à ma place. « Vous allez encore vous faire mal au dos », m'a-t-elle sermonnée. J'ai essayé de lui expliquer que dorénavant elle ne travaillait plus pour moi. « Mrs. Ueno, lui ai-je dit, ici nous sommes tous égaux », mais naturellement elle n'a rien voulu entendre. Lorsque nous sommes arrivées devant notre baraquement, elle a posé le seau par terre à côté de la porte d'entrée, puis elle m'a saluée et s'est hâtée de disparaître dans l'obscurité. Je n'ai même pas eu le temps de la remercier.

— Tu pourras peut-être la remercier demain, suggéra le garçon.

— Je ne sais même pas où elle loge, je ne sais même pas quel jour nous sommes.

— Nous sommes mardi, maman.

La nuit, il se réveillait en criant :

— Où je suis ?

Parfois, il sentait une main se poser sur son épaule : c'était sa sœur, qui lui disait qu'il avait fait un mauvais rêve. « Rendors-toi, bébé », chuchotait-elle et il se rendormait. Parfois, personne ne répondait. Parfois, il entendait le vent souffler à travers les buissons d'armoise et il se souvenait alors qu'il était dans le désert, mais sans parvenir à se rappeler depuis combien de temps ou pour quelle raison il s'y trouvait. Parfois, il avait peur d'avoir été envoyé dans cet endroit pour avoir commis une faute horrible, impardonnable. Mais ensuite, quand il tentait de se rappeler ce que pouvait bien être cette horrible et impardonnable faute, aucun acte précis ne lui venait à l'esprit. Cela aurait pu être n'importe quoi. Quelque chose qu'il avait fait la veille – mâchonner la gomme qui couronnait l'extrémité du crayon de sa sœur avant de remettre celui-ci dans le porte-crayon – ou bien quelque chose qu'il avait fait voilà longtemps et qui le rattrapait seulement maintenant. Briser une chaîne de lettres qui avait été lancée à Juneau, en Alaska. Avoir jeté son poisson rouge moribond dans la cuvette des W.-C. et tiré la chasse d'eau alors qu'il n'était pas complètement mort. Avoir oublié de toucher trois fois le porte-chapeaux alors que la camionnette du vendeur de glaces passait devant la maison. Parfois encore, il croyait qu'il était en train de faire un rêve et qu'à son réveil son père était en bas, dans la cuisine, en train de siffloter l'air de *Begin the Beguine*[1] entre ses dents tout en préparant le petit déjeuner dans la poêle. « Et un sandwich aux œufs pour le champion, un ! » lançait alors son père.

---

1. Morceau d'Artie Shaw, enrugistré entre 1938 et 1941.

Sa sœur avait de longues jambes maigres, une épaisse chevelure noire et portait au poignet une montre française en or qui avait appartenu à leur père. Chaque fois qu'elle sortait, elle se coiffait d'un panama à large bord pour éviter d'avoir la figure trop brunie par le soleil.

— Personne ne te regardera si tu as le visage trop sombre, expliqua-t-elle au garçon.

— De toute façon, personne ne me regarde, répliqua-t-il.

Tard le soir, après l'extinction des feux, elle lui racontait des choses. Elle lui apprit qu'au-delà de la clôture du camp, il y avait le lit d'une rivière à sec, ainsi que la mine abandonnée d'une ancienne fonderie, et puis qu'en lisière du désert, des montagnes bleues dressaient leurs pics déchiquetés vers le ciel. Les sommets étaient plus éloignés qu'il n'y paraissait, comme tout ce qui peuplait le désert. Tout sauf l'eau.

— L'eau n'est qu'un mirage, disait-elle.

Un mirage n'existait même pas.

Les montagnes s'appelaient Big Drum et Little Drum, Snake Ridge, les Rubies. La ville la plus proche était Delta.

À Delta, disait-elle, on pouvait acheter des oranges.

À Delta, il y avait des arbres au feuillage vert et des garçons blonds qui roulaient à bicyclette, et aussi un hôtel qui possédait une véranda sur laquelle les serveurs vous apportaient des boissons glacées surmontées de petites ombrelles en papier.

— Quoi d'autre ? demandait le garçon.

À Delta, répondait-elle, il y avait de l'ombre.

Elle lui parla de l'ancien lac salé qui jadis recouvrait tout l'Utah ainsi qu'une partie du Nevada. C'était des milliers d'années auparavant, disait-elle, au cours de la période glaciaire. À cette époque, il n'y avait pas de clôtures. Et pas de noms. Pas d'Utah. Pas de Nevada. Juste de l'eau, beaucoup, beaucoup d'eau.

— Et là où nous sommes aujourd'hui…
— Oui ?…
— C'était à six cents pieds de profondeur.

Toute la nuit, il rêva d'eau. De journées de pluie interminables. De canaux qui débordaient, de rivières et de ruisseaux dévalant furieusement jusqu'à la mer. Il vit l'ancien lac salé ondoyer au-dessus du désert qui en constituait le fond. La surface des flots était paisible et bleue. Aussi lisse qu'une vitre. Le garçon se laissait couler mollement parmi les roseaux et des poissons nageaient entre ses doigts. Lorsqu'il leva les yeux vers la surface, le soleil n'était plus qu'une petite tache pâle qui tremblotait à cent millions de milles au-dessus de sa tête.

Le lendemain matin, au réveil, il avait terriblement envie d'un verre de Coca. Rien qu'un, avec plein de glaçons, et aussi une paille. Il le siroterait lentement. Il le ferait durer très, très longtemps.

Un jour. Une semaine. Une année, même.

Tous les deux ou trois jours, les lettres arrivaient – déchirées, en lambeaux – de Lordsburg, dans le Nouveau-Mexique. Tantôt, la lame de rasoir des censeurs avait découpé des phrases entières, et le texte en devenait incompréhensible. Tantôt, les missives lui parvenaient intactes, mais la moitié des mots avaient été noircis. Invariablement, elles étaient signées : « Ton papa qui t'aime. »

Lordsburg était un endroit agréable et ensoleillé, niché dans une vaste plaine située au cœur des hautes terres qui bordaient le nord de la frontière mexicaine. C'était ainsi que son père l'avait décrit dans sa correspondance :

« Il n'y a pas d'arbres, ici, mais les couchers de soleil sont magnifiques et, par temps clair, on peut voir les collines qui se dressent au loin. La nourriture est fraîche, les repas copieux et j'ai bon appétit. Bien qu'il fasse encore très chaud, je me suis mis à prendre une douche froide tous les matins afin de mieux me préparer à l'arrivée de l'hiver. Écris-moi pour me raconter à quoi tu t'intéresses en ce moment. Aimes-tu toujours autant le base-ball ? Comment va ta sœur ? T'es-tu fait un bon copain ? »

Le garçon aimait toujours autant le base-ball et il s'intéressait beaucoup aux hors-la-loi de l'Ouest. Il avait vu un film sur la bande des Dalton – *When the Daltons Rode*[1] – dans la salle de loisirs n° 22. Sa sœur avait remporté le deuxième prix du concours de jitterbug organisé au réfectoire. Elle portait une queue de cheval, elle allait bien. S'il n'avait pas de copain attitré, le petit garçon avait une tortue qu'il gardait dans une petite caisse en bois emplie de sable, posée juste à côté de la fenêtre de leur baraquement. Il ne lui avait pas donné de nom, mais avait gravé le numéro matricule de leur famille sur sa carapace avec la pointe de la lime à ongles de sa mère. La nuit, il fermait la boîte avec un couvercle, sur lequel il posait une pierre blanche plate pour empêcher l'animal de s'échapper. Parfois, dans ses rêves, il l'entendait gratter le côté de la caisse avec ses griffes.

Lorsqu'il répondit à son père, il n'évoqua pas le bruit des griffes. Il n'évoqua pas ses rêves non plus.

Il écrivit simplement :

1. Film de George Marshall, avec Randolph Scott et George Bancroft (1940).

« Papa, il y a pas mal de soleil ici aussi, dans l'Utah. La nourriture n'est pas trop mauvaise et nous avons du lait tous les jours. À la cantine, nous faisons la collecte des clous pour l'oncle Sam. Hier, mon cerf-volant est resté coincé sur la clôture. »

Les règles concernant la clôture étaient simples : interdiction de passer par-dessus, interdiction de passer par-dessous, interdiction de passer autour, interdiction de passer au travers.

Et si votre cerf-volant restait coincé dessus ?

Là, c'était encore plus simple : on devait l'abandonner.

Il y avait également des règles concernant le langage : *Ici, on dit « salle à manger » et non « cantine », « conseil de sûreté » et non « police interne », « résidants » et non « évacués », enfin et surtout « climat mental » et non « moral ».*

Il y avait des règles concernant la nourriture : il était interdit de se resservir, sauf du lait et du pain.

Et concernant les livres : pas de livres en japonais.

Il y avait aussi des règles concernant la religion : pas de shintoïstes, avec leur culte de l'empereur.

La fille affirmait qu'à Lordsburg le ciel était toujours bleu et les clôtures moins hautes qu'ici. Seuls les pères vivaient là-bas. La nuit, ils voyaient les étoiles et, dans la journée, des aigles.

Notre père ne vénère pas l'empereur – elle affirmait également cela.

— Est-ce qu'il lui arrive de penser à nous ? s'enquit son petit frère.

— Tout le temps.

Leur père était un bel homme, de petite taille et aux mains délicates. Sur son index, une cicatrice formait un bourrelet blanc sur lequel, plus jeune, le garçon aimait particulièrement déposer des baisers.

— Est-ce que ça fait mal ? lui avait-il demandé une fois.

— Plus maintenant, avait répondu son père.

Il était extrêmement poli. Quand il entrait dans une pièce, il refermait doucement la porte derrière lui. Il n'était jamais en retard. Il portait de beaux costumes et ne criait pas après les serveurs. Il raffolait des pistaches. Il pensait que le jus de fruits constituait la boisson idéale. Il adorait griffonner. Ce qu'il préférait, c'était dessiner une boîte, puis la réaliser en trois dimensions. *Je crois qu'on peut dire que c'est ma spécialité.* Chaque fois que le garçon venait frapper à sa porte, son père levait la tête, puis souriait et interrompait son activité, quelle qu'elle fût. « Ne sois pas timide », lui lançait-il. Il lisait l'*Examiner* tous les matins avant de partir au travail et connaissait les réponses à toutes les questions. Quelle était la taille d'un microbe ? Quand les poissons dormaient-ils ? Où était allée Kitty McKenzie après qu'on l'eut sortie de son poumon d'acier ? *Ne t'inquiète plus pour Kitty McKenzie. Elle vit dorénavant dans un endroit bien plus agréable. Elle est montée au ciel. Il paraît qu'ils ont organisé une grande fête en son honneur le jour de son arrivée.* Il savait quand il fallait laisser la mère du garçon tranquille et comment on devait s'y prendre pour lui réclamer un cornet de glace. *Ne la harcèle pas et, au moment de lui demander, ne lui montre pas à quel point tu en as envie. Ne supplie pas, ne pleurniche pas.* Il connaissait les restaurants qui acceptaient de les servir et ceux qui refusaient. Il connaissait les coiffeurs qui savaient couper leur qualité de cheveux. *Les meilleurs, bien sûr.* La chose qu'il préférait en Amérique, confia-t-il une fois au garçon, c'étaient les beignets à la confiture recouverts d'un fin glaçage. *Il n'y a rien de mieux.*

Sa mère disait qu'il vous vieillissait. Le soleil. Oui, elle affirmait qu'il accélérait le vieillissement. Chaque soir, avant d'aller se coucher, elle s'enduisait la figure de crème. Elle la rationnait comme si c'était du beurre. Ou encore du sucre. C'était de la Pond's, dont elle avait acheté un gros pot à la pharmacie la veille de leur départ de Berkeley.

— Il faut la faire durer, dit-elle – mais elle l'avait déjà presque terminée. J'aurais dû prévoir et en prendre deux.

— Ou peut-être trois, renchérit son fils.

Elle se tenait devant le miroir et suivait du doigt les rides qui lui sillonnaient le front et le cou.

— Est-ce la lumière, ou est-ce que j'ai des poches sous les yeux ? demanda-t-elle.

— Ce sont des poches.

Elle indiqua un petit pli sur le côté de sa bouche.

— Tu vois ça ?

Il fit oui de la tête.

— Eh bien c'est nouveau. Ton père ne me reconnaîtra pas.

— Je lui dirai qui tu es.

— Explique-lui que…

Puis sa voix s'éteignit et elle se retrouva quelque part, loin d'ici, tandis qu'au-dehors, un vent chaud et sec qui soufflait du sud s'en venait balayer les hautes plaines désertiques.

La poussière devait rester à jamais gravée dans son souvenir. Elle était douce et blanche, d'une consistance crayeuse, comme du talc. Sauf que son alcalinité brûlait la peau, piquait les yeux, provoquait des saignements de nez ou des extinctions de voix. Elle s'infiltrait dans vos souliers, dans vos cheveux, votre pantalon, votre bouche, votre lit.

Dans vos rêves.

Elle s'insinuait sous les portes, par le pourtour des fenêtres, à travers les lézardes du mur.

Et il avait l'impression de voir à longueur de journée sa mère passer le balai. De temps à autre, elle le posait et regardait le garçon.

— Que ne donnerai-je pas pour avoir mon Electrolux ! s'écriait-elle.

Un soir, avant d'aller au lit, il inscrivit son nom dans la pellicule qui recouvrait la table. Toute la nuit, pendant qu'il dormait, les cloisons laissèrent filtrer la poussière que ne cessait d'apporter le vent.

Le lendemain matin, son nom avait disparu.

Son père l'appelait « mon petit bonhomme ». Il l'appelait aussi « Boule de gomme » ou « Bout de chou », ou encore « Caramel ». « Tu es mon grand chef, mon *numero uno* », lui disait-il. Et chaque fois que le garçon se réveillait en hurlant après quelque sombre et horrible cauchemar, son père entrait dans sa chambre, puis s'asseyait au bord de son lit et caressait ses cheveux noirs coupés court. « Chut, mon sucre, murmurait-il, tout va bien. Je suis là. »

À la tombée du jour, alors que le ciel virait au rouge sang, sa sœur l'entraînait à la limite des baraquements pour aller admirer le coucher de soleil sur les montagnes. « Regarde, détourne les yeux. Regarde, détourne les yeux. » C'était ainsi qu'il convenait d'observer le soleil, lui apprit-elle. Si on le fixait trop longtemps du regard, on devenait aveugle.

Dans l'obscurité grandissante du crépuscule rougeoyant, chacun indiquait à l'autre les choses qu'il apercevait : un chien qui donnait la chasse à un porc-épic, un minuscule coquillage rose, la carapace d'un scarabée, la progression d'une colonne de fourmis rouges sur le sable. S'ils avaient de la chance, ils verraient peut-être la dame portugaise se promener le long des barbelés en compagnie de son époux, Sakamoto, ou bien la dame au turban blanc – ils avaient entendu dire qu'elle avait perdu tous ses cheveux du jour au lendemain pendant le voyage en train –, ou encore l'homme au bras atrophié qui résidait dans le secteur 7. S'ils avaient vraiment beaucoup de chance, l'homme au bras atrophié le lèverait peut-être – son bras – pour les saluer.

Un soir, pendant qu'ils marchaient, le garçon tendit la main et agrippa le bras de sa sœur.

— Qu'y a-t-il ? lui demanda-t-elle.

Il se tapota le poignet.

— L'heure, répondit-il. Quelle heure est-il ?

Elle s'arrêta, puis regarda sa montre comme si elle ne l'avait jamais vue auparavant.

— Il est six heures, annonça-t-elle.

Voilà des semaines que sa montre indiquait six heures. Elle avait cessé de la remonter le jour où elle était descendue du train.

— À ton avis, qu'est-ce qu'ils font en ce moment chez nous ?

Elle baissa une nouvelle fois les yeux vers sa montre, puis leva la tête pour contempler le ciel, comme si elle réfléchissait.

— À cet instant précis, dit-elle, je te parie qu'ils s'amusent bien.

Puis elle se remit en marche.

Et le garçon voyait la scène d'ici : les rues bordées d'arbres à la tombée de la nuit, le vert des pelouses qui s'assombrissait, les trottoirs, des garçons qui s'exerçaient à lancer la balle dans le jardin de la maison, des filles qui jouaient à la marelle, mères munies de gants roses matelassés qui retiraient du four des plats brûlants, pères avec leur serviette noire et luisante qui ouvraient la porte d'entrée à la volée en s'écriant : « Chérie, je suis là ! Chérie, je suis là ! »

Lorsqu'il songeait au monde extérieur, il était toujours six heures du soir, un mercredi ou un jeudi. L'heure du dîner dans toute l'Amérique.

Au début de l'automne, les grandes exploitations agricoles envoyèrent des agents de recrutement et le Service du transfert des populations autorisa de nombreux jeunes gens – hommes et femmes – à aller aider aux travaux des récoltes. Certains partirent au nord, dans l'Idaho, couper les fanes des betteraves sucrières. D'autres se rendirent au Wyoming ramasser les pommes de terre. D'autres encore rejoignirent le village de toile de Provo pour participer à la cueillette des pêches et des poires et, la saison finie, ils rentrèrent avec des modèles Florsheim flambant neufs aux pieds. D'aucuns, en revanche, revinrent avec les mêmes chaussures qu'ils portaient à leur départ, jurant que plus jamais ils ne quitteraient le camp. Ils racontaient qu'on leur avait tiré dessus, craché dessus, refusé l'entrée au restaurant du coin, au cinéma, au magasin de nouveautés. Ils expliquaient que, partout où ils étaient allés, ils avaient vu la même pancarte en vitrine : INTERDIT AUX JAPS. La vie était plus simple de ce côté-ci de la barrière, concluaient-ils.

Les chaussures étaient des richelieus noirs. Pour homme, fins et étroits, pointure 41 1/2. Il les sortit de sa valise et les enfila sur ses mains, puis appuya les doigts contre le cuir patiné des creux ovales laissés par les orteils de son père. Ensuite, il ferma les yeux et renifla le bout de ses doigts.

Ce soir, ils ne sentaient rien.

La semaine précédente, ils avaient encore porté l'odeur de son père, mais ce soir cette odeur avait disparu.

Il frotta le cuir avec sa manche, puis les remit dans la valise. Dehors il faisait nuit et il y avait de la lumière aux fenêtres des baraquements, où il distinguait des silhouettes qui se déplaçaient derrière les rideaux. Il tenta de se figurer ce que pouvait bien faire son père en cet instant. Peut-être était-il en train d'aller se coucher. Ou de se laver la figure. Ou bien les dents. Avaient-ils seulement du dentifrice, à Lordsburg ? Il l'ignorait. Il faudrait qu'il lui pose la question dans sa prochaine lettre. Il s'allongea sur son lit pliant et tira les couvertures. Il entendait sa mère ronfler légèrement dans l'obscurité, tandis que, quelque part dans les collines au sud, un coyote solitaire hurlait à la lune. Il se demanda si l'on voyait la même lune à Lordsburg, ou à Londres, ou même en Chine, là où tous les hommes portaient de petits chaussons noirs. Et il conclut que oui, mais que cela dépendait des nuages.

— C'est la même lune, marmonna-t-il, la même lune.

Les soirs où il ne parvenait pas à trouver le sommeil, il aimait rêvasser à la maison qu'ils avaient quittée. Il revoyait encore son ancienne chambre : le planisphère du monde en guerre punaisé au mur, les comics de Joe Palooka qui dépassaient de dessous le lit, les rideaux avec des cow-boys et des Indiens confectionnés par sa mère deux étés auparavant, qui ondoyaient doucement dans la brise. En regardant par la fenêtre, il voyait son père en contrebas, dans le potager, occupé à débarrasser les plants de pois gourmands de leurs chenilles, qu'il retirait une à une à l'aide d'une paire de longues baguettes en bois. Il voyait, dans le jardin, la lanterne avec son socle de pierre moussu, ainsi que la statue du gros bouddha aux formes rebondies, qui, la tête rejetée à l'arrière, lançait son rire au firmament. Il voyait son vélo Schwinn rouge à pneus ballon appuyé contre la véranda et, les bons jours, il voyait aussi, de l'autre côté de la palissade blanche, Elizabeth Morgana Roosevelt en train de s'amuser avec son petit chien au soleil.

Elizabeth avait une longue chevelure blonde et un petit pékinois appelé Lotus. Elle n'avait aucun lien de parenté avec le président des États-Unis. La veille de leur départ, elle avait rendu visite au garçon et lui avait offert sa pierre bleue porte-bonheur qui venait de la mer. Elle était lisse, ronde et dure, et ressemblait à un œuf d'oiseau. Ou à un œil bleu parfait. « Quand tu reviendras, lui avait-elle dit, nous irons à la plage. »

Il avait glissé le galet bleu dans sa poche et l'avait emporté avec lui au centre de rassemblement du champ de courses de Tanforan. Toutes les nuits, dans les stalles de l'écurie, il l'avait placé sous son oreiller avant de s'endormir. À la fin de l'été, quand était arrivé l'ordre de leur transfert à l'intérieur du pays, il avait gardé son talisman dans le convoi qui les emmenait dans l'Utah. Il avait promis à Elizabeth de lui écrire une lettre dès qu'il descendrait du train.

Voilà un certain temps maintenant qu'ils étaient descendus du train, mais il ne lui avait toujours pas écrit. Malgré tout, il continuait à recevoir des lettres d'elle. De tous les amis qu'il avait avant, elle était la seule à ne pas avoir oublié de correspondre avec lui. Elle lui parlait des soirées de black-out à Berkeley, des pénuries de viande et de beurre. Elle lui expliqua que son père était à présent préposé à la défense passive et que sa mère ne mettait plus de bas de soie. Elle lui apprit que le frère de Greg Myer avait été tué lors de la bataille de la mer de Corail et que, depuis, une étoile dorée luisait à la fenêtre des Myer. Elle lui raconta qu'en ville, elle avait vu des Okies[1] employés au chantier naval qui faisaient la queue au cinéma – et c'était bien vrai qu'ils portaient des bottes de cow-boy, lui assura-t-elle. Et puis elle lui envoyait des choses. Une photo d'un étalon caracolant, qu'elle avait vu au concours hippique organisé au profit de la marine militaire. Un livre de devinettes. Un bulbe de tulipe, qu'il baptisa Gloria et planta dans une vieille boîte de pêches rouillée qu'il avait trouvée derrière le réfectoire.

Il se demanda si Gloria était toujours vivante au fond de sa boîte, sous toute cette terre – « Tasse-la bien », lui avait recommandé sa sœur –, et dans ce cas, si elle tiendrait jusqu'au printemps.

Souvenir d'avant : sa sœur qui rentrait de l'école et arrivait à la maison en traînant derrière elle sa nouvelle corde à sauter.

---

1. Surnom des habitants de l'Oklahoma. Dans les années 1930, cette région subit une terrible sécheresse qui, conjuguée à la crise économique et aux saisies de fermes, jeta sur les routes les paysans ruinés. Nombre d'entre eux se rendirent en Californie dans l'espoir d'y trouver du travail.

— Elles m'ont permis de tenir la poignée pour faire tourner la corde, annonça-t-elle, mais elles ne m'ont pas laissée sauter.

Elle avait coupé la corde en tout petits morceaux, qu'elle avait jetés dans le lierre en jurant que plus jamais elle ne sauterait à la corde.

Chaque semaine, ils entendaient circuler de nouvelles rumeurs.

On allait mettre les hommes et les femmes dans des camps séparés. On allait les stériliser. On allait leur retirer leur citoyenneté américaine. On allait les emmener en haute mer pour les exécuter. On allait les envoyer sur une île déserte et les y abandonner. On allait tous les déporter au Japon. On ne les autoriserait jamais à quitter l'Amérique. On allait les garder en otages tant que tous les prisonniers de guerre américains jusqu'au dernier ne seraient pas rentrés sains et saufs au pays. On allait les confier à la garde des Chinois dès que la guerre serait terminée.

« On vous a amenés ici pour votre propre protection », leur avait-on assuré.

C'était dans l'intérêt de la sûreté nationale.

C'était une question de nécessité militaire.

C'était pour eux l'occasion de prouver leur loyalisme.

L'école ouvrit à la mi-octobre. La classe avait lieu dans un baraquement dépourvu de chauffage, perdu tout au fond du secteur 8. Certains matins, il y faisait tellement froid que le petit garçon ne sentait plus ses doigts ou ses orteils et que sa respiration sortait de sa bouche en petits nuages blancs. Les écoliers devaient partager les manuels scolaires et manquaient souvent de papier ou de crayons.

Tous les matins, à l'école primaire Mountain View, il posait la main sur son cœur en récitant le serment d'allégeance. Il chantait *America the Beautiful* et *My Country, 'Tis of Thee*, puis criait « Présent ! » à l'appel de son nom. Sa maîtresse était Mrs. Delaney. Elle avait des cheveux bruns courts, une peau douce et laiteuse, et un mari prénommé Hank, qui était sergent dans les marines. Il lui envoyait chaque semaine une lettre de la ligne de front du Pacifique. Une fois, il lui avait même expédié un pagne végétal.

— Mais quand donc vais-je mettre un pagne, je vous le demande ? lança-t-elle aux élèves.

— Pourquoi pas demain ?

— Ou bien après la récréation.

— Mettez-le maintenant !

Lors de leur première semaine de classe, ils apprirent toute l'histoire de la *Niña*, de la *Pinta* et de la *Santa María*, puis celle de Squanto[1] et des « Pères pèlerins » du *Mayflower* au rocher de Plymouth. Ils écrivirent en lettres cursives soignées les noms de tous les États sur des feuilles de papier réglé. Ils jouèrent au pendu et à « Qui suis-je ? ». Les après-midi étaient consacrés à l'actualité et ils écoutaient Mrs. Delaney leur faire la lecture du journal. *La première dame des États-Unis en visite chez la reine à Londres. Les Russes tiennent toujours Stalingrad. Les Japs massent des troupes à Guadalcanal.*

— Et en Birmanie ? demanda le garçon.

La situation en Birmanie était très préoccupante, avait-elle alors annoncé à la classe.

---

1. Indien Algonquin qui fut enlevé par des marins britanniques. De retour au pays, il y trouva les colons puritains débarqués du *Mayflower*, auxquels il enseigna les techniques de survie de son peuple, leur permettant ainsi d'échapper à la mort.

Pendant la nuit, il entendit la porte s'ouvrir, puis des pas traverser toute la pièce ; soudain sa sœur s'était matérialisée près de la fenêtre, où elle avait retiré sa robe d'un geste vif en la passant à bout de bras par la tête.

— Tu dors ?

— Je me repose, c'est tout.

Il sentait l'odeur de ses cheveux, celle de la poussière et du sel, et il devinait qu'elle était sortie dans la nuit, là où il faisait noir.

Elle dit :

— Je t'ai manqué ?

Puis :

— Baisse la radio.

Et puis :

— J'ai gagné cinq *cents* au bingo, ce soir. Demain, nous irons à la cantine et je t'offrirai un Coca-Cola.

— J'aimerais bien, souffla-t-il. J'aimerais vraiment beaucoup.

Elle se laissa choir à côté de lui sur le lit.

— Parle-moi, ordonna-t-elle. Raconte-moi ce que tu as fait ce soir.

— J'ai écrit une carte postale à papa.

— Et après ?

— J'ai collé un timbre.

— Tu sais ce qui me contrarie le plus ? Parfois, je n'arrive pas à me souvenir de son visage.

— Il était un peu rond, dit son frère.

Puis il lui demanda si elle avait envie d'écouter de la musique et elle répondit que oui – elle répondait toujours oui –, alors il régla la radio sur la station qui diffusait des grands orchestres. Ils entendirent une trompette, un passage de batterie, puis Benny Goodman à la clarinette et ensuite Martha

Tilton qui entonnait *So Many Memories*. « Parfois, tous ces souvenirs me donnent envie de pleurer… »

Dans le rêve, il y avait toujours une belle porte en bois. La belle porte en bois était très petite – de la taille d'un oreiller, disons, ou d'une encyclopédie. Derrière cette belle petite porte se trouvait une seconde porte, et derrière cette seconde porte il y avait une image de l'empereur, que personne n'avait le droit de voir.

Car l'empereur était sacré et divin. Un dieu.

On ne pouvait pas le regarder dans les yeux.

Dans le rêve, le garçon avait déjà ouvert la première porte et avait la main posée sur la poignée de la seconde. D'une minute à l'autre, à présent, il allait voir dieu, il en était sûr.

Seulement il y avait toujours quelque chose qui n'allait pas. Le bouton de porte se détachait. Ou le battant était coincé. Ou son lacet se défaisait et il devait se pencher pour le renouer. Ou alors c'était une cloche qui sonnait quelque part – quelque part au Nevada ou sur l'île de Peleliu, ou peut-être n'était-ce que le son de quelque gong prodigieux frappé sur celle de Saipan –, et puis les nuits étaient de plus en plus froides, le bruit des griffes qui grattaient la caisse se faisait maintenant plus faible, plus faible qu'il n'avait jamais été, et on était au mois d'octobre, et il se trouvait à des milles de chez lui, et son père n'était pas là.

Ils étaient venus le chercher peu après minuit. Trois hommes portant costume, cravate et feutre noir avec, sous le manteau, une plaque du FBI. « Allez prendre votre brosse à dents », avaient-ils dit. C'était en décembre, juste après Pearl Harbor, à l'époque où ils vivaient encore dans la maison blanche, en bordure d'une rue large de Berkeley située non loin de la mer. Le sapin de Noël était dressé et une odeur de pin embaumait toute la maison. De sa fenêtre, le garçon les avait regardés traverser la pelouse et emmener son père, simplement vêtu de sa robe de chambre et chaussé de ses pantoufles, jusqu'à la voiture noire qui était garée le long du trottoir.

Avant cet instant, il n'avait jamais vu son père sortir de chez eux sans son chapeau. C'était ce qui l'avait le plus troublé. Pas de chapeau... Et ces pantoufles : déformées, aux couleurs passées, avec leurs semelles en caoutchouc qui se relevaient sur les bords. Si au moins ils l'avaient laissé mettre ses chaussures, alors peut-être les choses se seraient-elles passées différemment. Mais le temps pressait.

*Allez prendre votre brosse à dents.*

*Allez ! Allez ! Suivez-nous.*

*Nous voulons juste poser quelques questions à votre mari.*

*En voiture, papa-san.*

Plus tard, le garçon se souvint avoir remarqué qu'il y avait de la lumière dans la résidence voisine et des visages collés à la fenêtre. L'un d'eux était celui d'Elizabeth, il en était certain.

Elizabeth Morgana Roosevelt avait vu son père être emmené en pantoufles.

Le lendemain matin, sa sœur avait parcouru la maison en cherchant le dernier endroit où leur père s'était assis. Était-ce dans le fauteuil rouge ? Ou sur le canapé ? Au bord de son lit ? Elle avait plaqué sa figure contre le couvre-lit pour le sentir.

— Non, c'était au bord du mien, avait dit leur mère.

Ce soir-là, elle avait allumé un feu dans le jardin et avait brûlé toutes les lettres qui venaient de Kagoshima. Elle avait brûlé les photos de famille et les trois kimonos en soie qu'elle avait apportés avec elle en venant du Japon dix-neuf ans plus tôt. Elle avait brûlé les disques d'opéra japonais. Elle avait déchiré le drapeau frappé du soleil levant rouge. Elle avait brisé le service à thé et les plats en porcelaine d'Imari, ainsi que le cadre qui abritait le portrait de l'oncle du garçon, jadis général dans l'armée impériale. Elle avait fracassé le boulier avant de le jeter dans les flammes.

— Dorénavant, avait-elle déclaré, nous compterons sur nos doigts.

Le lendemain, pour la toute première fois, elle avait envoyé le garçon et la fille à l'école avec, dans leur gamelle, des sandwiches au beurre de cacahuète et à la confiture.

— Fini, les boulettes de riz, avait-elle expliqué. Et si on vous pose la question, vous êtes chinois.

Le garçon avait acquiescé d'un signe de tête.

— Chinois... avait-il murmuré. Je suis chinois...

— Et moi, avait fanfaronné la fille, je suis la reine d'Espagne.

— Dans tes rêves, avait rétorqué le garçon.

— Dans mes rêves, je suis le roi, avait dit la fille.

En Chine, les messieurs tiraient leurs cheveux en une longue natte, tandis que les dames clopinaient sur leurs tout petits pieds brisés. En Chine, il y avait des gens si pauvres qu'ils étaient contraints de donner leurs nouveau-nés en pâture aux chiens. En Chine, on mangeait de l'herbe au petit déjeuner, et au déjeuner on mangeait des chats.

Et au dîner ?

En Chine, au dîner, on mangeait des chiens.

Voilà quelques-unes des choses que le garçon savait sur la Chine.

Par la suite, il vit dans la rue de vrais Chinois – Mr. Lee, de l'épicerie *Lee père fils*, et Don Wong, qui tenait la blanchisserie de Shattuck Avenue – arborer des badges proclamant JE SUIS CHINOIS ET CHINOIS, MERCI. Plus tard, un homme l'arrêta sur le trottoir, devant le bazar *Woolworth's*, pour lui demander :
— Chinetoque ou Jap ?
— Chinetoque, répondit le garçon avant de s'enfuir à toutes jambes.
Ce n'est qu'une fois arrivé au coin de la rue qu'il se retourna pour crier :
— Jap ! Jap ! Je suis un Jap !
Histoire de mettre les choses au clair.
Mais, à ce moment-là, l'homme avait déjà disparu.
Ensuite, il y eut les règles concernant l'heure : interdit aux Japs de sortir après vingt heures.
Et concernant l'espace : interdit aux Japs de se déplacer dans un rayon de plus de cinq milles autour de chez eux.
Après cela, le Jardin de thé japonais du Golden Gate Park fut rebaptisé Jardin de thé oriental.
Et enfin les pancartes qui disaient INSTRUCTIONS À TOUTES LES PERSONNES D'ORIGINE JAPONAISE se mirent à fleurir partout en ville et ils firent leurs valises, puis s'en allèrent.

Durant tout le mois d'octobre, les journées restèrent encore chaudes, comme en été, mais, la nuit, le mercure plongeait et il n'était pas rare, le matin venu, de voir les buissons d'armoise couverts de givre. Une fois, deux tempêtes de poussière se succédèrent en une semaine. Le ciel devint subitement gris, puis un vent brûlant dévala le désert dans un hurlement, emportant tout sur son passage. De l'intérieur de sa chambre, le garçon ne distinguait ni le soleil, ni la lune, ni même la rangée de baraques suivante, pourtant située juste de l'autre côté de l'allée de gravier. La seule chose qu'il voyait était la poussière. Les bourrasques faisaient vibrer portes et fenêtres et, telle de la fumée, la poussière s'insinuait par tous les interstices du toit. La nuit, il dormait avec un mouchoir humide plaqué sur la figure pour se prémunir contre l'odeur. Lorsqu'il se réveillait le lendemain matin, le tissu avait séché et il sentait dans sa bouche le goût âpre et la consistance graveleuse de la craie.

Une tempête de poussière pouvait souffler pendant des heures, voire des jours, et ensuite s'arrêter aussi soudainement qu'elle avait commencé. Alors, l'espace de quelques secondes, un silence absolu s'abattait sur le monde. Puis un bébé se mettait à pleurer, ou bien un chien à aboyer et, jailli de nulle part, un vol d'oiseaux blancs apparaissait mystérieusement dans le ciel.

Les premières neiges tombèrent, puis fondirent et furent suivies par de la pluie. Comme le sol alcalin était incapable d'absorber l'eau, la terre se transforma rapidement en boue. Les allées de gravier étaient constellées de flaques noires et les salles de classe furent fermées pour réfection.

À présent, il n'y avait rien à faire et les journées s'étiraient, longues et ennuyeuses. Le garçon les cochait une à une d'énormes X rouges sur le calendrier. Il s'entraînait à exécuter des figures compliquées au yoyo : le tour du monde, le chien, l'armée turque. Il reçut une lettre de son père, rédigée sur du papier finement réglé. *Bien sûr que nous avons du dentifrice à Lordsburg, sinon comment crois-tu que nous ferions pour nous laver les dents ?* Son père le remerciait pour sa carte postale du temple mormon de Salt Lake City. Il lui disait qu'il allait bien. Que tout allait bien. Qu'il était persuadé qu'ils se reverraient bientôt. *Sois gentil avec ta mère*, lui écrivait-il. *Sois patient. Et souviens-toi : mieux vaut plier que rompre.*

Pas une seule fois il n'évoquait la guerre.

Son père avait promis de lui montrer le monde. Ils iraient en Égypte, lui avait-il dit, et monteraient au sommet des pyramides. Ils iraient en Chine pour faire une longue et belle promenade sur la Grande Muraille. Ils iraient voir la tour Eiffel à Paris, puis le Colisée à Rome et le soir, à la lueur des étoiles, ils parcourraient Venise à bord d'une gondole noire en bois.

« *The moon above*, chantait-il, *is yours and mine…*[1] »

Le lendemain du soir où le FBI avait fait irruption dans la maison, il avait trouvé quelques mèches de cheveux de son père dans la baignoire. Il les avait mises dans une enveloppe, qu'il avait ensuite dissimulée au-dessous de son lit, sous la latte de plancher disjointe, en se jurant que, tant qu'il ne vérifierait pas si l'enveloppe était toujours là – son mot d'ordre était : « Interdit de regarder » –, tout irait bien pour son père. Mais ces derniers temps, au camp, il s'était mis à se réveiller toutes les nuits, convaincu que l'enveloppe avait disparu.

1. « La lune qui brille tout là-haut est à toi et à moi… », extrait de « Yours and mine », morceau de *Broadway Melody*, comédie musicale de 1938.

« J'aurais dû l'emporter avec moi », se reprochait-il. Il avait peur que son ancienne chambre soit désormais occupée par de gros bonshommes malpropres qui jouaient aux cartes nuit et jour, en renversant sur le sol des boissons brunes et poisseuses. Il avait peur que le FBI ne soit retourné une nouvelle fois à la maison pour y chercher des articles de contrebande. *Nous avons oublié de fouiller sous les lames du parquet.* Il avait peur que le jour où il reverrait son père, après la guerre, celui-ci ne soit trop fatigué pour jouer à la balle avec lui sous les arbres. Il avait peur que son père ne soit devenu chauve.

De temps en temps circulaient des rumeurs sur la présence d'espions. Les gens chuchotaient que Takizawa était un informateur à la solde du gouvernement. Qu'il était peut-être coréen. Qu'il fallait s'en méfier. *Alors, faites attention à ce que vous dites.* Yamaguchi avait des liens étroits avec l'administration. Une nuit, Ishimoto s'était fait agresser derrière les latrines par trois hommes masqués armés de tuyaux de plomb. *Il paraît qu'il dénonçait au FBI les antiloyalistes projaponais.*

— Ce qui me manque le plus ? Le bruit des arbres la nuit… et aussi le chocolat.
— Et les prunes, maman. Tu oublies les prunes.
— C'est exact. Les prunes me manquent, les prunes me manquent toujours.
— Peut-être pas toujours.
— C'est vrai, peut-être pas. Mais il y a quelque chose qui me tracasse.
— Quoi ?
— Est-ce que j'ai éteint la lumière de la véranda en partant ?

— Non.
— Et la cuisinière ? Est-ce que j'ai pensé à éteindre la cuisinière ?
— Tu le faisais toujours.
— C'est vrai ?
— À chaque fois.
— Avions-nous seulement une cuisinière ?
— Bien sûr que nous avions une cuisinière.
— C'est juste. La Wedgewood. Tu sais, j'étais un sacré cordon-bleu autrefois.

Le garçon tourna lentement le bouton de la radio. Sur la station de Salt Lake City, il entendit de l'orgue. Puis de la rumba. Un orchestre de swing. Une publicité pour les comprimés du Dr Fisher, souverains contre la paresse intestinale. « Et vous, demanda un homme, est-ce qu'il vous arrive d'avoir mal à la tête et de manquer de punch au réveil ? » « Non », dit le garçon. Ensuite ce fut l'heure des informations : en Afrique du Nord, les troupes du corps expéditionnaire du front ouest avaient débarqué au Maroc et celles du front central à Oran, tandis que, partout dans les îles du Pacifique, les forces américaines perdaient des hommes.

Il ferma les yeux et s'imagina dans l'archipel des Salomon, combattant aux côtés de Hank avec le régiment des Raiders. Ou bien en train d'effectuer un vol de reconnaissance au-dessus de Mindanao. Peut-être serait-il touché de plein fouet en survolant Leyte, se retrouvant ainsi contraint de s'éjecter. Suspendu à un parachute dévoré par les flammes, il laisserait mollement descendre jusqu'au sol et atterrirait en douceur dans des fourrés, ou sur une plage de sable blanc, et il verrait le général MacArthur rejoindre le rivage à pied pour venir le décorer du

Purple Heart[1]. « Tu as fait de ton mieux, mon garçon », lui dirait-il avant de lui serrer la main.

À présent, lorsque la fille se déshabillait – toujours le petit coup de poignet rapide, puis les bras qui s'entrecroisaient et la robe jaune qui se gonflait au-dessus de sa tête, tel un parachute renversé –, elle lui demandait de tourner la tête. Elle lui parlait des saisons et de l'hibernation. Elle lui expliqua qu'elle allait se mettre à saigner d'un jour à l'autre maintenant.

— Ce sera tout rouge, dit-elle.

Elle lui apprit que Franklin Masuda avait attrapé un vilain pied d'athlète – « Il me l'a montré ! » –, et puis que, dans le secteur 29, quelqu'un avait mis un nouveau-né dans une poubelle.

— À quoi ressemblait-il ? s'enquit le garçon.

— Tu n'as pas besoin de le savoir.

— Mais si !

Elle lui raconta que Mrs. Kimura était en réalité un homme, et puis qu'on avait trouvé une fille du secteur 12 couchée toute nue avec un garde à l'arrière d'un camion. Elle lui dit que tous les trucs intéressants n'arrivaient que pendant la nuit. Le garçon rétorqua :

— Je sais.

Un soir, il la trouva accroupie dehors, sous sa fenêtre, tenant à la main une cuiller en fer-blanc du réfectoire.

— Je creuse un tunnel pour aller en Chine, dit-elle.

Par terre, à côté d'elle, gisait la tortue. Sa tête et ses pattes étaient rétractées sous sa carapace et elle ne bougeait pas. Voilà plusieurs jours déjà qu'elle

1. Décoration attribuée aux blessés de guerre.

ne bougeait pas. Elle était morte. C'est ma faute, songea le garçon. Mais il ne l'avait dit à personne : soir après soir, il était resté allongé sur son lit, éveillé, à guetter le son des griffes qui viendraient gratter la caisse, mais le seul bruit qu'il avait entendu était celui d'une porte mal fermée battant au vent.

Elle posa l'animal au fond du trou, qu'elle emplit ensuite de sable avant de planter profondément la cuiller dans le sol.

— Nous la déterrerons au printemps, annonça-t-elle. Nous la ferons ressusciter.

Il était là, au-dessus du lit de sa mère. Jésus. En couleurs. Quatre pouces sur six. C'était une carte postale que quelqu'un lui avait envoyée du Louvre. Jésus avait des yeux bleus et un sourire bienveillant, quoique énigmatique.

— Comme la Joconde, dit la fille.

Pour sa part, le garçon trouvait plutôt qu'il ressemblait à Mrs. Delaney, sauf que Jésus avait les cheveux plus longs et une auréole.

Dans le regard de Jésus dansait la flamme d'une joie secrète, extatique. Il était mort – « pour vous, expliqua sa mère, pour vos péchés » –, et était ensuite ressuscité.

La fille dit :

— Mmm…

Puis elle dit :

— C'est un pouvoir divin.

Tard le soir, dans l'obscurité, il entendait sa mère prier : « Notre Père qui êtes aux cieux… »

Et le matin, au lever du jour, lui parvenait la voix de leur voisin qui, de l'autre côté de la cloison, psalmodiait : « *Kokyo ni taishite keirei.* »

Salut au palais impérial.

À présent, chaque fois qu'il songeait à son père, il se le figurait à la tombée de la nuit, adossé à un poteau de la clôture du camp de Lordsburg – le camp pour dangereux ressortissants d'un pays ennemi. « Mon papa est un hors-la-loi », chuchotait-il. Il aimait la sonorité de ce mot : hors-la-loi. Il imaginait son père, bottes de cow-boy aux pieds et stetson noir vissé sur la tête, montant un grand et beau cheval appelé *Givre*. Peut-être qu'il avait volé du bétail, ou cambriolé une banque, ou attaqué une diligence, voire tout un train – comme les frères Dalton – et qu'en ce moment, il purgeait tout simplement sa peine avec les autres bandits.

Il pensait à tout cela, et alors l'image venait soudain danser devant ses yeux : son père, vêtu de sa robe de chambre et chaussé de ses pantoufles, traversant la pelouse encadré par les agents du FBI qui l'emmenaient. *En voiture, papa-san.*

Il va revenir d'un jour à l'autre maintenant. D'un jour à l'autre.

Vous n'avez qu'à raconter qu'il est parti en voyage.

N'ouvrez pas la bouche, ne dites pas un mot.

Restez à la maison.

Ne sortez pas.

Ne vous déplacez que pendant la journée.

Ne parlez pas en japonais au téléphone.

Évitez de vous réunir en public.

Lorsque vous êtes en ville, si vous rencontrez un autre Japonais, ne le saluez pas à la japonaise, en vous inclinant.

Rappelez-vous que vous êtes en Amérique.

Saluez-le à l'américaine : en lui serrant la main.

Aucun des autres pères ne s'était fait arrêter en pantoufles. Le père de Ben Okada s'était fait arrêter avec ses chaussures de golf, tandis qu'il perfectionnait son swing sur sa pelouse. Le père de Woodrow Teshima s'était fait arrêter en richelieus noirs à bout golf et smoking de location, alors qu'il assistait à un mariage bouddhiste à Alameda. Quant au père de Sugar Sawada – qui avait déjà perdu un pied ainsi que certains souvenirs (seulement les mauvais, tenait toujours à préciser Mrs. Sawada en accompagnant ses paroles d'un sourire et d'un clin d'œil affectueux) lors de la Première Guerre mondiale –, il s'était incliné une fois vers l'orient avant d'être entraîné par les hommes venus l'interpeller, ivre et chaussé de son unique bottine noire, tandis qu'il brandissait ses béquilles tout en hurlant : « Banzaï ! Banzaï ! Banzaï ! »

Parfois, le garçon se consolait en songeant au père de Tommy Tanaka, qui portait des chaussettes blanches et une vieille paire de socques, de *geta* à semelles de bois, lorsque le FBI l'avait pris la main dans le sac, occupé à couper les tiges des chrysanthèmes de l'année précédente dans son jardin.

Le garçon se disait que des *geta*, c'était pire encore que des pantoufles.

Bien pire.

— Certains jours, dit sa mère, je vais regarder l'horloge et, voyant qu'il est cinq heures et demie, je suis persuadée qu'il vient de sortir du bureau et qu'il est sur le chemin de la maison. Alors, je vais commencer à m'affoler, à penser : « Il est déjà tard ! J'aurais dû commencer à préparer le riz ! »

Les arbres apparurent tout à coup, sans prévenir, par une belle matinée ensoleillée de fin novembre.

C'étaient de jeunes saules, transportés par camions à plateau depuis quelque endroit lointain – des montagnes peut-être. Ou bien des berges d'une rivière. Enfin, d'un lieu où il y avait de l'eau. Toute la journée, dans chaque secteur, les hommes les plantèrent à intervalle régulier de part et d'autre des coupe-feu, ainsi que devant la cantine. Leurs fronts se couvraient de sueur, tandis que le large fer de leurs pelles pivotait en lançant des éclairs sous le soleil.

À la fin de l'après-midi, profitant de ce que personne ne le voyait, le garçon détacha une petite feuille verte de l'un des arbres et la glissa dans sa poche. Le lendemain matin, il la mit sous enveloppe et l'envoya à Lordsburg.

— Le sol est trop alcalin, fit remarquer sa mère. Ces arbres ne passeront pas l'hiver.

Elle se tenait près de la fenêtre, en chemise de nuit, et se brossait lentement les cheveux. Au-dehors, la neige commençait à tomber. Les faisceaux de deux projecteurs se croisèrent dans les ténèbres, puis balayèrent la clôture avant de s'éteindre. Quelques secondes plus tard, ils se rallumèrent. Elle s'arracha un cheveu gris et le laissa choir par terre.

— Je balaierai demain matin – elle se tourna alors vers le garçon. J'ai perdu une boucle d'oreille dans le train. Est-ce que je t'en avais déjà parlé ?

Il fit non de la tête.

— Elle s'est décrochée quelque part entre Provo et Nephi. Depuis lors, je ne me sens pas vraiment bien.

Il la regarda rouler ses cheveux en une torsade, dont elle fit un chignon qu'elle maintint avec une épingle. Sa chevelure noire brillait sous l'éclairage, mais ses yeux étaient las.

— Moi je te trouve bien, la rassura-t-il.

Il ne se souvenait pas avoir vu sa mère porter des boucles d'oreilles dans le train.

Elle ferma les paupières un moment, puis ouvrit de grands yeux.

— Je me demande où elle est passée.
— À quoi ressemblait-elle ?
— À une perle, répondit-elle. C'était une perle, en fait.
— Elle a peut-être roulé derrière la banquette.
— Ou elle a peut-être tout simplement disparu, dit-elle. Parfois, les choses disparaissent et il est impossible de les retrouver. C'est comme ça.

Il ramassa le cheveu gris sur le plancher et le tint à la lumière. Elle considéra le garçon, puis le cheveu qu'il serrait entre ses doigts et éteignit l'ampoule. Tous deux demeurèrent alors plantés dans l'obscurité, à contempler en silence les flocons qui tombaient sur les toitures noires des baraquements. La neige était propre, immaculée, et soufflait en rafales.

— Et d'abord, je n'avais pas à mettre ces boucles d'oreilles, reprit-elle au bout de quelques instants. C'était vraiment idiot...

Le lendemain matin, la neige avait à moitié fondu et un vent du nord glacial dévalait les monts Wasatch.

— Emmitouflez-vous bien, conseilla leur mère.

Elle arracha les pages du catalogue Sears & Roebuck et s'en servit pour combler les lézardes des murs. Elle boucha les trous laissés par les nœuds du bois avec des couvercles de boîtes de conserve. Elle rapporta des seaux de charbon du tas de boulets que l'on voyait apparaître de temps à autre au centre de l'allée et ralluma le poêle. Lorsque le Service du transfert des populations annonça qu'aurait lieu une distribution de surplus militaires de la Première

Guerre mondiale, elle alla faire la queue pendant deux heures et revint avec des cache-oreilles, des guêtres de toile et trois cabans de marins taille 54.

Le garçon en enfila un et contempla son reflet dans le miroir fendu. Il avait les cheveux longs, hirsutes, et son visage avait pris un hâle foncé au soleil. Le caban lui descendait au-dessous du genou. Il plissa les yeux et avança ses deux dents de devant.

*Ve vure allévance au vrapeau...*
*Queffe qu'y a, demi-portion ?*
*Fardon. Vraiment désolé.*

Il passa son pouce à travers un trou de la laine.

— Des mites, souffla-t-il.

— Je dirais plutôt des balles, objecta la fille.

Leur mère sortit une aiguille et une bobine de fil noir Boilfast, puis elle sortit un dé à coudre.

— Voyons voir, dit-elle.

La température baissa jusqu'à -10 °C, -15 °C, et plus d'une fois jusqu'à -30 °C. Le poids de la glace faisait ployer les fines branches noires des arbres et les draps étendus sur les cordes à linge se figeaient en d'étranges formes façonnées par le vent. Ce sont des voiles blanches gelées, songea le garçon. Certains jours, le vent soufflait de toutes les directions à la fois et il lui était impossible de marcher sans tomber. De petits oiseaux s'égaraient dans la tourmente et dégringolaient du ciel. Des coyotes affamés se glissaient sous les barbelés et se battaient avec des chiens errants pour quelques restes de nourriture. Un homme disparut, et on le retrouva trois jours plus tard, mort de froid, à dix milles à l'ouest des montagnes. On disait que son visage affichait une expression sereine et qu'il souriait. Il avait les yeux clos. Il s'était tout simplement allongé sous les étoiles avant de s'endormir. Sa tête reposait sur un vieux morceau de soie rouge en lambeaux, plié en un carré parfait. Sa main serrait l'anse en fer-blanc d'un seau, que personne ne réussit à dégager de ses doigts repliés.

La fille se tenait devant le miroir fêlé et observait le point rouge apparu sur son menton. Elle le toucha à plusieurs reprises.
— Chéri, bisou bisou, dit-elle.
« Allez, rien qu'un, dit-elle encore.
Puis elle fronça les sourcils et découvrit ses dents. Elles étaient petites, brillantes et arrondies, tels des cailloux durs et étincelants.
Le petit garçon lui tapa doucement sur le bras.
— Quoi ? demanda-t-elle.
Cependant ce n'était pas à lui qu'elle s'adressait, mais à son propre reflet dans la glace.
— Quoi ? Quoi ? Quoi ?
— La viande de cheval.
— Quoi, la viande de cheval ?
— Où est-ce qu'ils la prennent ?
Elle avança les lèvres.
— Sur des chevaux.
— Quel genre de chevaux ?
Elle le regarda dans le miroir.
— Le genre mort.
Il retourna la glace pour la placer face au mur.
Elle alla se planter devant la fenêtre pour contempler les baraquements noirs battus par le vent. Au loin, de l'autre côté de la clôture, on voyait rouler des buissons géants de chardon de Russie qui traversaient lentement la cuvette aride. Elle expliqua qu'une partie de la viande de cheval provenait du champ de courses. Si un animal se cassait une jambe, ils l'abattaient après la course et l'envoyaient à la conserverie. Mais le gros de la viande provenait des chevaux sauvages.

— Ils les rassemblent dans le désert et leur tirent dessus, raconta-t-elle.

Elle lui demanda s'il se rappelait les mustangs qu'ils avaient aperçus par la vitre du train et il lui répondit que oui. Il les avait regardés galoper au clair de lune à travers la morne plaine poussiéreuse, avec leurs longues queues noires et leurs crinières de jais qui flottaient au vent, et les trois nuits suivantes, il avait rêvé d'eux.

— Eh bien, ce sont ceux-là, dit-elle.

Trois heures du matin. Le cœur de la nuit. Le temps mort. Vide de rêves. Il était allongé dans le noir, éveillé, et se tourmentait pour la bicyclette qu'il avait laissée à la maison, enchaînée au tronc du plaqueminier de Virginie. Les pneus s'étaient-ils déjà dégonflés ? Les rayons étaient-ils rouillés et envahis par les mauvaises herbes ? La clé de l'antivol était-elle toujours cachée dans la cabane de jardin ?

Mais ce qui l'inquiétait le plus, c'était la petite sonnette en fer-blanc. Son père ne l'avait pas fixée solidement au guidon. « Je mettrai les vis demain », lui avait-il promis. C'était un souvenir désormais lointain, qui le ramenait des mois et des mois en arrière, quand l'air était encore chargé du parfum des arbres et de l'herbe fraîchement coupée, et que les roses commençaient tout juste à éclore.

— Tu ne l'as jamais fait, murmura le garçon.

Maintenant, la petite sonnette en fer-blanc avait disparu, il en était sûr.

*Le 7 décembre, cela fera un an que je ne t'ai pas revu. Je lis tes lettres tous les soirs avant de m'endormir. Jusqu'à présent, l'hiver a été doux ici. Ce matin, je me suis réveillé à l'aube et j'ai contemplé le lever de soleil. J'ai aperçu un aigle chauve qui volait vers les montagnes. Je suis en bonne santé et je fais une demi-heure d'exercice après chaque repas. Prends soin de toi et pense à aider ta mère.*

Pendant les quatre jours qui avaient suivi son arrestation, ils n'avaient pas eu la moindre idée de l'endroit où il pouvait se trouver. Le téléphone n'avait pas sonné – le FBI avait coupé les fils – et il leur avait été impossible de retirer de l'argent à la banque. « Votre compte a été bloqué », s'était entendu dire la mère du garçon. Au moment du dîner, elle dressait la table pour quatre et, chaque soir, avant d'aller se coucher, elle sortait sur la véranda de devant pour glisser une clé de la maison sous le pot de chrysanthèmes. « Il saura où chercher », expliquait-elle.

Le cinquième jour, elle avait reçu au courrier un mot assez bref, envoyé du centre de rétention du service de l'immigration, à San Francisco.

*Attends toujours ma comparution devant le conseil d'évaluation du loyalisme. Ne sais pas quand mon cas sera étudié, ou combien de temps je vais encore rester ici. Quatre-vingt-trois Japonais ont déjà été déportés en train. Viens me voir dès que possible, je t'en prie.*

Elle avait fourré quelques affaires de son mari dans une petite valise – vêtements, serviettes, nécessaire à raser, une paire de lunettes de rechange, ses gouttes pour le nez, une savonnette Yardley, un manuel de secourisme – et avait pris le premier train pour San Francisco.

— Est-ce qu'il portait toujours ses pantoufles ? lui avait demandé le garçon à son retour.

Elle avait répondu qu'il les portait toujours. De même que sa robe de chambre. Elle avait expliqué que cela faisait plusieurs jours qu'il n'avait pas pris de douche et ne s'était pas rasé. Puis elle avait souri.

— On aurait dit un clochard, avait-elle ajouté.

Ce soir-là, elle avait dressé la table pour trois.

Le lendemain matin, elle avait fait porter tous les complets du père du garçon chez le teinturier. Tous sauf un : le costume rayé bleu, qu'il avait sur lui lors de son dernier dimanche à la maison. Le costume bleu devait rester sur son cintre, dans la penderie. « Il m'a demandé de le laisser là, pour que cela te fasse un souvenir de lui. »

Mais chaque fois que le garçon se remémorait son père en ce fameux dimanche, ce n'était pas le costume bleu qui lui revenait à l'esprit. C'était la robe de chambre en flanelle blanche. C'étaient les pantoufles. C'était la silhouette de son père, tête nue, qui se dessinait dans l'encadrement de la lunette arrière de l'auto. Le buste rigide, immobile. Les yeux fixés droit devant. Droit devant, dans la nuit, cependant que la voiture s'enfonçait lentement au cœur des ténèbres. Pas un regard en arrière. Pas un seul. Fût-ce pour voir si son fils était là.

Noël. Un ciel de plomb. Un froid glacial. Dans les réfectoires, on avait dressé des pins décorés d'étoiles découpées dans des boîtes de conserve, et de chaque baraque s'échappait la voix de Bing Crosby chantant *White Christmas* à la radio. Il y eut de la dinde au dîner et les enfants de tous les secteurs se virent distribuer bonbons et cadeaux, offerts par l'organisation quaker, l'American Friends Service.

Le garçon reçut un petit couteau suisse rouge, expédié d'Akron, dans l'Ohio, par une certaine Mrs. Ida Little. *Que le Seigneur pose toujours sur toi son regard bienveillant*, avait-elle écrit. Il lui envoya aussitôt un mot de remerciement et prit ensuite l'habitude d'emporter le couteau dans sa poche partout où il allait. Parfois, en courant, il l'entendait claquer contre sa pierre bleue porte-bonheur qui venait de la mer ; alors, l'espace d'un instant, il se sentait très heureux. Ses poches étaient remplies de bonnes choses.

L'hiver paraissait interminable. De nombreux cas de grippe et de diarrhée se déclarèrent, et les pénuries de charbon étaient fréquentes. On ne leur avait attribué que deux couvertures de l'armée par personne et, le soir venu, il arrivait souvent au garçon de s'endormir en frissonnant. Il avait les mains gercées et rougies par le froid. Il avait constamment mal à la gorge. Sa sœur quittait la baraque tôt le matin et ne rentrait que bien après la tombée de la nuit. Elle était toujours pressée désormais. L'air glacial lui empourprait les joues.

— Où vas-tu ?
— Je sors.

Elle prenait tous ses repas avec ses amis, jamais avec son petit frère ou sa mère. Elle fumait des cigarettes. Il en décelait l'odeur dans ses cheveux. Un jour, il l'aperçut dans la queue qui s'étirait devant la cantine, coiffée de son panama, et eut l'impression que c'était tout juste si elle le reconnaissait.

Leur ancienne vie lui semblait désormais lointaine, floue, comme un rêve dont il aurait du mal à se souvenir. La pelouse d'un vert éclatant, les roses, la maison dans cette rue large non loin de la mer

– tout cela appartenait à un autre temps, à une année différente.

Qui gagnait la guerre ? Qui la perdait ? Dorénavant, sa mère se désintéressait totalement de la question. Elle avait cessé de suivre le fil des journées. Elle ne lisait plus le journal et n'écoutait plus les bulletins d'informations à la radio.

— Prévenez-moi lorsque ce sera terminé, disait-elle.

Les jours où il y avait de l'eau chaude, elle se rendait à la laverie et faisait une lessive complète en frottant leurs vêtements sur la planche à laver en bois. C'était là l'unique besogne à laquelle elle s'astreignait. Elle avait refusé de poser sa candidature pour un poste d'aide-soignante à l'hôpital, ou de pointeuse à la ferme-pilote.

— Pour un salaire de seize dollars par mois, ça ne vaut pas le coup, affirmait-elle.

Elle ne donnait pas son sang à la Croix-Rouge et ne se joignait pas non plus aux autres mères de famille qui tricotaient des chaussettes et des cache-nez en laine destinés aux G. I's qui combattaient outre-mer pour la liberté.

La plupart du temps, elle ne sortait même pas de la chambre.

Elle demeurait assise au coin du poêle des heures durant, sans prononcer une parole. Sur ses genoux, une lettre à moitié écrite, un livre resté fermé. Elle s'emmitouflait la tête dans une épaisse écharpe de laine pour la maintenir au chaud. Elle portait un pantalon flottant, un gros pull-over. La sonnerie qui annonçait le dîner la faisait sursauter et elle se redressait sur sa chaise en demandant :

— Qu'est-ce que c'est ? Qui est là ?

Dans son esprit, il y avait toujours des hommes à la porte. *Nous voulons juste poser quelques questions à votre mari.* Elle contemplait ses mains posées dans son giron, comme surprise de les trouver encore là.

— Parfois, je ne sais plus si je suis réveillée ou endormie.

— Tu es réveillée, lui assurait le garçon.

Elle disait qu'elle avait perdu l'appétit. Que la nourriture l'ennuyait.

— Va donc au réfectoire sans moi, insistait-elle.

Le garçon lui rapportait de quoi manger – une assiette pleine de haricots, une platée de chou rouge au vinaigre – et lui mettait une fourchette dans la main. Mais avant même que celle-ci eût atteint sa bouche, elle s'immobilisait et regardait par la fenêtre.

— Qu'est-ce qu'il y a ? l'interrogeait-il. Dis-moi ce qui te ferait envie. Est-ce que tu veux du riz ?

Elle répondait qu'elle n'avait pas envie de riz. Qu'elle n'avait plus envie de rien. De rien du tout.

Mais, de temps à autre, ses yeux se perdaient dans le vague et il savait alors qu'elle se transportait ailleurs, en un lieu plus agréable.

— J'aimerais, ne serait-ce qu'une fois, voir la mer lorsque je regarde au-dehors, lui confiait-elle.

Un jour, elle annonça qu'elle n'en pouvait plus. Du vent. De la poussière. De l'attente interminable. Du couple d'à côté qui se disputait constamment. Elle suspendit à une corde un drap blanc qu'elle baptisa « rideau » et, abritée derrière l'ivoire de cette tenture, s'allongea sur son lit pliant puis ferma les yeux avant de s'endormir. Elle se mit à rêver. À la douce chaleur des nuits de Kagoshima, au chant des grillons cloches, aux lampions de papier rouge qui, un à un, descendaient paresseusement la rivière.

— J'étais redevenue petite fille. J'avais cinq ans et je pêchais la truite avec mon père.

— Avec quel genre de canne à pêche ? s'enquit le garçon. Une canne en bambou ?

Pour la première fois depuis des mois, il lui sembla la voir esquisser un sourire.

— Oui, répondit-elle. En bambou... En bambou...

Dans la maison natale de sa mère, il y avait des fenêtres en papier de riz, et puis des portes coulissantes en bois, et aussi des nattes en paille de riz disposées côte à côte sur les planchers nus. Le soir, elle allait dans les rizières attraper des lucioles, qu'elle rapportait à la maison dans un sac en papier kraft. Elle passait ensuite toute la nuit assise à son bureau, s'exerçant à l'écriture des caractères chinois à la pâle lueur qui irradiait des insectes.

Elle expliquait qu'elle avait eu six sœurs aînées et un frère cadet, mort de la scarlatine à l'âge de quatre ans.

— Je pense encore à lui tous les jours, affirmait-elle.

Elle racontait qu'une fois par an, pour son anniversaire, sa mère lui préparait du riz aux haricots rouges *azuki*[1].

— C'était un vrai régal, se rappelait-elle.

Puis elle se murait dans le silence. Elle fermait les paupières et restait allongée sur son lit, parfaitement immobile. Elle demeurait ainsi longtemps, très longtemps, inspirant et expirant lentement, à tel point

---

1. Rouges et fermes, ces haricots servent surtout à préparer une confiture *(an)* utilisée dans la confection de desserts.

qu'à la fin le garçon était incapable de dire si elle était encore éveillée ou si elle dormait.

Un soir, deux jours avant leur départ pour Tanforan, il l'avait aidée à enterrer l'argenterie dans le jardin, sous la statue du gros bouddha hilare. C'était le printemps : la terre, noire et humide, grouillait de lombrics qu'il avait regardés se tortiller au clair de lune.

— Dépêche-toi, l'avait pressé sa mère.

Il avait touché les vers de terre avec sa pelle et en avait même coupé certains en deux. Puis la lune avait disparu et une pluie fine s'était mise à tomber ; l'eau se faufilait au travers des feuilles et des branches pour venir dégoutter sur la figure de sa mère.

Mais – il s'en souvenait, à présent – elle avait déjà le visage mouillé avant même le début de l'averse.

— Lorsque j'ai rencontré ton père, je voulais être tout le temps avec lui.

— Je te comprends.

— Si je me trouvais séparée de lui, ne serait-ce que cinq minutes, il commençait déjà à me manquer. Je pensais : « Il ne va pas revenir, je ne le reverrai plus jamais. » Mais au bout de quelque temps, j'ai fini par ne plus être aussi inquiète. Les choses changent.

— J'imagine.

— Le soir de son arrestation, il m'a demandé d'aller lui chercher un verre d'eau. Nous venions juste de nous coucher et j'étais vraiment très fatiguée, j'étais épuisée. Alors je lui ai répondu d'y aller lui-même. « J'irai une prochaine fois », m'a-t-il dit. Puis il s'est retourné de l'autre côté du lit et s'est aussitôt endormi. Plus tard, tandis qu'ils l'emmenaient, une seule idée me trottait dans la tête : « Désormais, il aura toujours soif. »

— Ils lui ont probablement donné à boire au poste de police.

— J'aurais dû lui apporter son verre d'eau.

— Tu ne pouvais pas savoir.

— Aujourd'hui encore, dans mes rêves, je le vois en train de chercher de l'eau.

En pleine nuit, le garçon crut percevoir un bruit : le claquement régulier d'une corde qui fouettait la terre. Il s'assit pour regarder par la fenêtre et aperçut sa sœur, vêtue de sa robe d'été jaune, qui sautait à la corde au clair de lune. Ses jambes étaient longues et maigres, ses genoux couverts de croûtes, ses mollets piquetés d'égratignures dues aux grains de sable et aux gravillons que le vent charriait nuit et jour. Elle ne devrait pas porter de robe, se dit-il.

Il sortit et vint se planter dans le noir à côté de la porte. Elle ne le vit pas et continua à sauter. D'abord sur une jambe, puis sur l'autre, puis en croisant et décroisant les bras jusqu'au moment où le bout de sa chaussure se prit dans la corde et la fit trébucher. Elle frappa le sol du pied, une fois, et jeta la corde par terre.

— Tu ferais mieux de rentrer maintenant, dit-il doucement. Tu vas prendre froid.

Elle tourna la tête vers lui.

— Ça fait combien de temps que tu es là ?

— Un bon moment.

— Comment est-ce que je me débrouillais ?

— Bien. Tu sautes bien à la corde.

— Je suis nulle. Je ne mérite même pas de tenir la poignée de la corde.

Il se dirigea vers sa sœur, puis ramassa la corde et l'examina. Elle était blanche et usée. C'était un morceau de vieille corde à linge qu'elle avait dû couper sur un étendage. Il s'imagina une rangée de draps blancs qui s'envolait dans les airs par-delà les barbelés.

— Tu ferais mieux de rentrer, à présent, répéta-t-il.

— Ne t'occupe pas de moi.

Il ne répondit pas.

— Je suis nulle à la corde.

— Tu es minable.

— La plus mauvaise de toutes.

Il lui tendit sa corde.

— Prends-la, dit-il.

Elle s'accrocha à un bout de la corde et, tenant fermement l'autre dans sa main, il tira lentement sa sœur à l'intérieur du baraquement.

Le lendemain matin, elle se réveilla brûlante de fièvre. Leur mère lui apporta une tasse en fer-blanc remplie d'eau et lui conseilla de boire, mais la jeune fille refusa. Elle dit qu'elle n'avait pas soif.

— Je ne peux rien avaler, expliqua-t-elle.

Elle repoussa sa couverture et entreprit d'arracher l'une des croûtes de ses genoux. Le garçon lui agrippa le poignet.

— Arrête ! dit-il.

Elle tourna la tête et regarda au-dehors. Une femme vêtue d'une robe de chambre rose passa devant la fenêtre, emportant un vase de nuit aux latrines.

— Où sommes-nous ? demanda la fille. Qu'est-il arrivé aux arbres ? Mais enfin, quel est donc ce pays ?

Elle raconta qu'elle avait vu leur père qui marchait seul le long de la route.

— Il venait nous chercher pour nous emmener loin d'ici.

Elle jeta un coup d'œil à sa montre et s'étonna à voix haute qu'il fût si tard.

— Il est six heures, dit-elle. Il devrait déjà être là.

En février, une équipe de l'armée vint au camp pour recruter des volontaires, et un questionnaire de loyalisme fut remis à tout homme et toute femme de plus de dix-sept ans.

*Êtes-vous disposé à servir dans les forces armées des États-Unis et à partir au combat partout où vous recevrez l'ordre d'aller ?*

Le voisin répondit non et fut envoyé, avec sa femme et sa belle-mère, au camp de Tule Lake, où étaient regroupés les antiloyalistes. L'année suivante, ils furent rapatriés au Japon à bord de l'U. S. S. *Gripsholm*.

*Êtes-vous prêt à jurer allégeance absolue aux États-Unis d'Amérique et à défendre fidèlement les États-Unis contre toute attaque, qu'elle soit perpétrée de l'extérieur ou de l'intérieur du territoire, ainsi qu'à renier toute forme d'allégeance ou d'obéissance à l'empereur du Japon, ou à n'importe quel autre gouvernement, puissance ou organisation d'un pays étranger ?*

— Quelle allégeance ? demanda la mère du garçon.

Elle expliqua qu'elle n'avait rien à renier. Cela faisait presque vingt ans maintenant qu'elle habitait en Amérique. Mais elle ne voulait pas faire d'histoires – « Le clou qui dépasse se fait taper dessus » – ou être étiquetée comme antiloyaliste. Elle ne voulait pas être renvoyée au Japon.

— Nous n'avons aucun avenir là-bas. Nous sommes ici. Votre père est ici. Le plus important est que nous restions ensemble.

Elle répondit oui.
Ils demeurèrent au camp.
Loyalisme. Antiloyalisme. Allégeance. Obéissance.
— Des mots, dit-elle, ce ne sont que des mots.

Soudain, à l'intérieur de la boîte de pêches rouillée, une explosion de jaune.

Du bout du doigt, le garçon toucha à plusieurs reprises les pétales.

— Gloria, susurra-t-il.

C'était le mois de mars et les nuits n'étaient désormais plus aussi froides. Les scorpions étaient redevenus nombreux et la terre commençait à se ramollir. La fille eut beau creuser sous la fenêtre du baraquement, retirer de pleines cuillerées de sable, elle ne parvint pas à retrouver la tortue.

— Elle est partie sans nous, constata-t-elle.

Seuls les saules n'avaient pas survécu à l'hiver. La montée de sève ne s'était pas faite et ils présentaient toujours des branches dénudées. La fille cassa une brindille et la coinça entre ses dents.

— Morte, dit-elle.

En son for intérieur, le garçon se sentait coupable. *Je n'aurais pas dû arracher cette feuille...*

Il reprit ses longues promenades, sauf qu'il partait dorénavant seul, sans sa sœur. De l'autre côté de la clôture, il apercevait les ombres noires des nuages qui couraient sur l'étendue de sable tandis que, dans le lointain, les sommets des montagnes étaient encore mouchetés de neige. De temps en temps, un gros lièvre croisait sa route, ou un chien errant passait à la hâte, serrant dans sa gueule quelque chose à poil foncé. Des crapauds cornus bondissaient parmi les pierres blanches et sèches. Des lézards se prélassaient au soleil. Et, quelque part au cœur de ce désert, une tortue solitaire cheminait d'un pas lent et régulier en direction de la fine ligne bleue qui marquait la limite de l'horizon.

Certains jours, après la pluie, l'air s'emplissait tout à coup de l'odeur âcre et piquante de l'armoise. Alors, sa mère se levait de son lit pliant et allait jusqu'à la fenêtre, où elle respirait à fond.
— C'est irréel, proférait-elle.

Par une chaude soirée d'avril, un homme fut abattu près de la clôture de barbelés. Le garde qui était de faction ce soir-là affirma qu'il cherchait à s'évader. Le soldat dit qu'il l'avait appelé quatre fois, mais que l'individu avait ignoré ses sommations. Des intimes de la victime expliquèrent qu'il était juste sorti promener son chien et que, s'il n'avait pas entendu le garde, c'était simplement parce qu'il était dur d'oreille. Ou alors c'était à cause du vent. Un homme qui s'était rendu sur les lieux peu après le drame avait remarqué, de l'autre côté de la clôture, une fleur rare et insolite. Il était persuadé que son ami devait être en train de tendre la main pour la cueillir lorsqu'il s'était fait tirer dessus.

Près de deux mille personnes assistèrent aux funérailles. Le cercueil croulait sous des centaines de fleurs en papier crépon. La foule entonna des hymnes. Le corps du défunt fut béni. Des années plus tard, le garçon devait se souvenir que, planté aux côtés de sa mère durant la cérémonie, il s'était demandé quel genre de fleur avait pu voir cet homme.

Une rose ? Une tulipe ? Une jonquille ?

Et si jamais il l'avait ramassée, que se serait-il passé alors ?

Il imagina des navires qui explosaient, des nuages de fumée noire, des centaines de B-29 tombant en flammes du ciel. *Un seul geste, mon gars, et tu es mort.*

La chaleur revint. Le soleil se mit à grimper de plus en plus haut dans le ciel. La guerre n'était toujours pas finie. En mai, le premier groupe de volontaires recrutés par l'armée quitta les baraquements pour rejoindre le fort Douglas et, dans le secteur 31, une fillette de quatre ans fut atteinte de poliomyélite. Quelque temps après, les plaques de rues firent leur apparition. Il y eut soudain une Elm Street, une Willow Street, une Cottonwood Way. Alexandria Avenue traversait le camp d'est en ouest en passant devant les bâtiments administratifs. Greasewood Way menait directement à la pompe des égouts.

— Apparemment, nous ne sommes pas près de sortir d'ici, constata la mère du garçon.

— Au moins, nous savons où nous sommes, dit sa fille.

*Maintenant, il saura où nous trouver*, songea le garçon.

Désormais, les jours étaient longs et gorgés de soleil. Voilà plusieurs semaines qu'il n'y avait pas eu de courrier de Lordsburg.

Chaque journée semblait s'écouler plus lentement que la précédente. Le garçon passait des heures à arpenter sa chambre de long en large. Il comptait ses pas. Il fermait les yeux et se récitait les noms de ses anciens camarades de classe dès que de vilaines et sombres pensées – *il est malade, il est mort, on l'a renvoyé au Japon* – tentaient de s'insinuer dans son esprit. Il demanda à sa mère quand, à son avis, devait arriver la prochaine lettre de Lordsburg. Demain peut-être ?

— Demain, c'est dimanche.

Alors, lundi ?

— Il ne faut pas trop y compter.

Et s'il cessait de se ronger les ongles ? Et s'il obéissait tout de suite lorsqu'on lui demandait de faire quelque chose ? Et s'il disait ses prières tous les soirs avant d'aller se coucher ? Et s'il mangeait toute sa salade de chou cru, même lorsqu'elle touchait les autres aliments de son assiette ?

— Cela pourrait peut-être marcher...

L'été ne fut qu'un long rêve brûlant. Chaque matin, dès le lever du soleil, la température commençait à monter en flèche. À midi, on voyait ployer les lattes des planchers. Sous l'effet de la chaleur, le ciel se décolorait jusqu'à devenir blanc, tandis que le vent balayait le camp d'un souffle chaud et sec. Des tourbillons de poussière jaune parcouraient le sable. Les toits noirs grillaient dans la fournaise. L'air semblait miroiter.

Le garçon lançait des cailloux dans le seau à charbon. Il allait se poster devant les fenêtres des autres baraquements pour regarder chez les gens. Il dessinait dans le sable des avions et des tanks à l'aide de son bâton préféré. Il écrivit un S. O. S. en lettres géantes sur toute la largeur du coupe-feu, mais l'effaça avant que quiconque eût pu le lire.

Au cœur de la nuit, allongé sur ses draps sans dormir, il rêvait à de la glace, à un quartier d'orange, à un galet, enfin à quelque chose – n'importe quoi – qu'il pourrait sucer pour étancher sa soif. C'était déjà le mois de juin. Ou peut-être le mois de juillet. C'était le mois d'août. Le calendrier était tombé du mur. Le tic-tac de la pendule s'était tu. Grippés par la poussière, ses rouages ne fonctionnaient plus. Sa sœur dormait profondément sur son lit pliant et, derrière le rideau blanc, sa mère était plongée dans ses songes. Il porta une main à sa bouche – en haut, tout au fond, se cachait une molaire qui branlait et qu'il aimait à toucher, à faire bouger d'avant en arrière dans son alvéole. Ce balancement avait pour lui quelque chose d'apaisant, de rassurant. Parfois, il sentait le goût du sang, et alors il déglutissait. Il trouvait que c'était salé, comme la mer. Il percevait au loin le bruit des trains qui passaient dans la nuit. Un martèlement de sabots sur le sable. Le faible tintement d'une cloche métallique.

Il fermait les yeux. C'est lui, se disait-il. Il arrive.

Il pourrait revenir à cheval. À vélo. En train. En avion. À bord de la voiture de police banalisée dans laquelle on l'avait emmené. Il pourrait porter un costume rayé bleu. Un kimono de soie rouge. Un pagne végétal. Un stetson. Une auréole. Un feutre gris foncé, avec une feuille d'arbre coincée sous le ruban. Peut-être qu'il la toucherait – la feuille – avant de lever lentement la main en l'air, comme le ferait Jésus, ou bien l'homme au bras atrophié, ou encore le général Douglas MacArthur.

— Me voici, annoncerait-il.

Puis son regard s'illuminerait et il plongerait la main dans sa poche pour en sortir une perle blanche, une seule.

— J'ai trouvé ceci au bord de la route, dirait-il. Saurais-tu par hasard à qui elle pourrait bien appartenir ?

Voilà comment les choses pourraient se passer.

Ou alors, une nuit, tandis que le garçon serait couché, il entendrait frapper à la porte, un coup léger.

— Qui est-ce ? interrogerait-il.
— C'est moi.

Il ouvrirait et découvrirait son père planté sur le seuil, dans sa robe de chambre en flanelle blanche, toute couverte de poussière.

— À pied, de Lordsburg, cela fait un bon bout de chemin ! dirait son père.

Puis ils se serreraient la main, peut-être même qu'ils s'étreindraient.

— As-tu eu mes lettres ? demanderait-il à son père.
— Un peu ! Je les ai toutes lues. J'ai également reçu cette feuille d'arbre. Je n'ai cessé de penser à toi.
— Moi aussi, j'ai pensé à toi, dirait le garçon.

Il apporterait un verre d'eau à son père et tous deux s'installeraient côte à côte sur le lit pliant. De l'autre côté du carreau, la lune serait ronde et brillante. Le vent soufflerait. Il reposerait sa tête sur l'épaule de son père et percevrait l'odeur de la poussière mêlée à celle de la sueur, ainsi que le parfum discret de la crème à raser Burma Shave, et il se sentirait merveilleusement bien. Alors, du coin de l'œil, il remarquerait que le gros orteil de son père passait au travers d'un trou de sa pantoufle.

— Papa...
— Oui ?
— Tu as oublié de mettre tes chaussures.

Son père baisserait les yeux pour regarder ses pieds et secouerait la tête en signe d'étonnement.

— Bon sang ! s'exclamerait-il. Tu as vu ça !

Puis il se contenterait de hausser les épaules avant de se renverser sur le lit de camp pour s'installer plus confortablement. Il sortirait ensuite sa pipe, une boîte d'allumettes et enfin il sourirait.

— Maintenant, raconte-moi un peu tout ce que j'ai manqué, dirait-il. Raconte-moi tout.

## DANS LE JARDIN D'UN INCONNU

Lorsque nous sommes rentrés chez nous à la fin de la guerre, c'était l'automne et la maison nous appartenait toujours. Les arbres qui bordaient les rues étaient plus hauts que dans notre souvenir et les voitures en plus mauvais état ; le rosier autrefois planté par notre mère le long de l'étroite allée de gravier qui menait au perron ne s'y trouvait plus. Nous étions partis au printemps, quand les magnolias étaient encore en fleur, mais on était alors en automne et les feuilles des arbres commençaient à jaunir, tandis qu'à l'endroit où avait jadis poussé le rosier de notre mère il ne subsistait plus désormais qu'une touffe de mauvaises herbes mortes. Le jardin était jonché de bouteilles cassées et, à voir la haie de genévriers qui flanquait la véranda, on aurait dit qu'elle n'avait pas été arrosée, fût-ce une seule fois, pendant toutes les années qu'avait duré notre absence.

Nos valises poussiéreuses à la main, nous nous engageâmes sur le petit chemin gravillonné. C'était la fin de l'après-midi, et une brise fraîche soufflait de la mer. Dans le jardin de la résidence voisine, un homme en bras de chemise était occupé à ratisser les feuilles d'un geste lent. Nous ne le connaissions pas. Ce n'était pas le monsieur qui habitait cette maison avant la guerre. Il s'appuya sur le manche de son râteau et inclina une fois le front dans notre direction, mais notre mère ne lui répondit ni par un signe de la main ni même par le plus léger hochement de tête. Elle nous avait avertis que la nouvelle de notre retour allait déplaire à beaucoup de gens. Peut-être cet homme faisait-il partie de ces gens – un membre de l'American Legion, ou des Homefront Commandos, ou encore des Native Sons of the Golden West[1] –, ou peut-être était-il juste un homme avec un râteau que notre mère avait décidé d'ignorer, impossible à dire.

Arrivée en haut des marches qui montaient à la véranda, elle glissa la main dans son chemisier et sortit la clé de la porte d'entrée. Durant toute la durée de notre éloignement, elle l'avait gardée sur elle, accrochée à une longue chaîne en argent, et, chaque matin au réveil, là où nous avions vécu pendant la guerre, elle avait répété ce même geste, rien que pour s'assurer que la clé était toujours à sa place, puis chaque soir, avant de fermer les yeux, elle la touchait une dernière fois. De temps à autre, au milieu de la journée, il lui arrivait de caresser ses arêtes dentelées avec le pouce en regardant par la fenêtre du baraquement. Une fois, alors qu'elle se croyait seule, nous l'avons même vue la mettre dans sa bouche avant de clore les paupières avec délices. C'était au printemps, quand l'air était empli de l'odeur de l'armoise, et elle était en train de lire une lettre de notre père. Nous avons détourné la tête. La clé était devenue une partie d'elle-même. Elle était toujours là, petite forme sombre qui pendillait (visible ou invisible en fonction de la lumière, de ce

---

1. Organisations qui s'étaient prononcées en faveur de l'internement des Américains d'origine japonaise.

qu'elle portait et parfois même, semblait-il, de son humeur) juste sous la surface de ses vêtements. Si par malheur elle devait l'enlever, il arriverait certainement quelque catastrophe. Notre maison – ce lointain petit point sur la carte – s'écroulerait ou serait détruite par le feu, ou bien disparaîtrait tout simplement. La guerre ne finirait jamais. Notre mère ne serait plus là.

Mais voilà qu'en ce jour nous la regardions passer la chaîne au-dessus de sa tête – d'un geste fluide, naturel, comme si c'était une chose qu'elle faisait quotidiennement –, puis glisser la clé dans la serrure. Ses mains étaient fermes. Ses doigts ne tremblaient pas. Le vent soufflait dans les branches des arbres et, dans le jardin voisin, un monsieur que nous ne connaissions pas ratissait lentement les feuilles mortes. Notre mère ne l'avait pas salué. Elle tourna la clé une fois dans la serrure, elle la tourna deux fois. Nous entendîmes un cliquetis, puis la porte s'ouvrit et notre mère ôta son chapeau avant de pénétrer dans le vestibule. Et après trois ans et cinq mois, voilà que tout d'un coup nous nous retrouvions enfin chez nous.

La maison ne sentait pas bon, mais nous nous en moquions. Sur les murs, la peinture s'écaillait, tandis que le bois des châssis de fenêtres était noir de moisissure. Devant les vitres crasseuses de suie se balançaient des rideaux de dentelle en lambeaux, et le sol était jonché de boîtes de conserve vides, ainsi que de tessons de bouteille. Contre la cloison opposée, à l'endroit où trônait jadis le piano, nous aperçûmes, croulant sous un fatras de vieux journaux, la table de jeu de notre mère avec son tapis de feutre. Tout près, dans un coin de la pièce, trois chaises pliantes. Un tabouret en métal. Une lampe à col de cygne cassée. Le reste de nos meubles avait disparu.

C'était sans importance : nous étions chez nous. Nous avions la chance d'être chez nous. Parmi les personnes qui se trouvaient avec nous dans le train du retour, un grand nombre n'avait même plus de domicile. Ce soir, elles allaient dormir dans des foyers et des églises, ou encore sur des lits de camp à la YMCA.

Nous posâmes nos bagages avant de courir d'une pièce à l'autre en criant : « Au feu ! À l'aide ! Au loup ! », comme ça, parce que nous pouvions nous le permettre. Nous ouvrîmes fenêtres et portes à la volée. Portée par le vent, l'odeur de la mer emplit les pièces vides de la maison, et l'autre odeur, l'odeur de ces gens que nous ne connaissions pas (ils buvaient du lait, ils mangeaient du beurre, ils mangeaient du fromage, notre mère prétendait deviner toutes ces choses rien qu'en humant l'air), ne tarda pas à se dissiper.

Cela faisait des années que nous n'avions pas senti la mer.

À la cuisine, nous nous précipitâmes vers le robinet pour contempler le spectacle de l'eau qui jaillissait des tuyaux. Au début, elle était marron de rouille, puis elle devint claire progressivement. Nous abaissâmes la tête vers l'évier pour boire. Nous avions la gorge sèche à cause du long voyage de retour, et nos vêtements étaient couverts de poussière. Notre mère laissa l'eau couler sur ses mains quelques instants, avant de fermer le robinet, de s'essuyer les paumes sur le devant de sa robe et de sortir par la porte de derrière pour aller dans le jardin, où elle alla se planter à l'ombre des arbres, au milieu de la pelouse envahie par les mauvaises herbes, cependant qu'une pluie de feuilles tombait tout autour d'elle.

C'était là une vision à la fois étrange et insolite : notre mère, à l'ombre, sous des arbres. Nous la regardâmes attraper une feuille au vol et la tenir à la lumière. Nous la regardâmes lâcher la feuille. À l'endroit dont nous revenions, il y avait du soleil, mais pas d'ombre, et la seule occasion où il nous arrivait de voir des arbres c'était la nuit, dans nos rêves.

Beaucoup de gens avaient logé chez nous en notre absence, mais nous ignorions qui ils étaient, ou ce qu'ils étaient devenus, ou encore pourquoi nous n'avions jamais reçu le moindre chèque de l'homme qui avait promis de veiller à la location de la maison. Celui-ci était un notaire du nom de Milt Parker, qui s'était présenté à notre porte pour proposer ses services à notre mère le lendemain du jour où avaient été placardés les ordres d'évacuation. « Je m'occuperai de tout », avait promis Mr. Parker. Mais où était-il, à présent ? Et où était notre argent ? Et pourquoi notre mère avait-elle été si prompte à ouvrir à un inconnu ? Car ce n'était pas la première fois que des inconnus venaient frapper chez nous. Et qu'était-il arrivé ? Rien de bon. Rien de bon. Ils avaient emmené notre père.

— Stupide, marmonna alors notre mère, j'ai été stupide !

À l'étage, dans les chambres qui nous avaient jadis vus dormir, rêver et, plus d'une fois, nous battre, nous découvrîmes des matelas sales, ainsi que de vieilles revues pleines de photos de jeunes hommes et de jeunes femmes nus, au corps parfait, à la peau lisse et claire. Leurs membres étaient entrelacés dans des positions que nous ne savions pas encore possibles.

— Vous l'apprendrez bien assez tôt, souffla notre mère.

Elle avait parlé à voix basse en jetant les magazines à l'écart, mais elle devait nier par la suite avoir jamais prononcé ces mots. (Et pourtant c'était la vérité, elle l'avait dit, nous en étions sûrs !)

Au bout du couloir, dans la pièce où elle avait enfermé nos biens les plus précieux – la visionneuse View-Master, notre collection de *Dime Detectives*[1], le service de mariage en porcelaine qu'elle ne sortait que le dimanche *(Mais pourquoi n'utilisions-nous pas ces assiettes tous les jours de la semaine ?* se demandera-t-elle plus tard) –, il ne restait presque plus rien. Des boîtes vides jonchaient le sol, et les vestiges d'un antique jeu de Monopoly étaient soigneusement alignés sur l'appui de fenêtre : deux dés blancs, un hôtel rouge minuscule, la plus petite maison verte en bois au monde.

La pluie s'était infiltrée par une lézarde du plafond, souillant de taches brunes les murs, sur lesquels étaient inscrits, à l'encre rouge, des mots qui nous firent détourner les yeux.

— Nous recouvrirons cela d'une couche de peinture, dit notre mère.

Ce qui devait être fait plusieurs mois après, lorsque nous pûmes enfin réunir suffisamment d'argent pour acheter de la peinture. Néanmoins, pendant des années il nous fut impossible d'effacer ces inscriptions de notre esprit.

Ce soir-là, le soir du premier jour de notre retour dans le monde, le monde duquel nous avions été précédemment chassés, nous avons pris soin de fermer fenêtres et portes avant de dérouler nos couvertures

---

1. Magazines bon marché présentant des histoires policières.

sur le plancher du salon qui donnait sur la rue, au pied de l'escalier. Inconsciemment, nous avions cherché la pièce dont les caractéristiques – longueur et étroitesse, avec deux fenêtres à une extrémité et une porte à l'autre – se rapprochaient le plus de celles de la chambre du baraquement où nous avions passé la guerre, là-bas au cœur du désert. Inconsciemment, nous nous étions installés exactement de la même façon que nous l'étions dans cette longue chambre étroite pendant la guerre : notre mère dans le coin le plus éloigné des fenêtres et nous deux du côté opposé, couchés tête-bêche le long du mur. Inconsciemment, nous avions choisi de dormir ensemble, dans la même pièce, avec notre mère, alors que depuis plus de trois ans nous rêvions du jour où chacun de nous pourrait enfin dormir seul, dans sa chambre, dans notre ancienne maison, notre ancienne maison à la façade de stuc blanc, dans la rue large et bordée d'arbres située non loin de la mer.

*Quand la guerre sera finie*, avait dit notre mère.

Tout en essayant de trouver le sommeil dans notre demeure aux murs de stuc blanc, nous ne pouvions nous empêcher de penser aux histoires que nous avions entendues sur les gens qui étaient rentrés avant nous. Un homme avait vu son habitation aspergée d'essence puis incendiée, alors que sa famille dormait à l'intérieur. Un autre avait vu sa remise dynamitée. Dans toute la vallée, il y avait eu des coups de feu, des dégradations dans les cimetières, ou des visiteurs imprévus qui s'en venaient tambouriner aux portes au beau milieu de la nuit.

*Ça fait plaisir de vous revoir, voisin. Vous pensez rester longtemps ?*

*Il n'y a pas de travail dans le coin. Si j'étais vous, je songerais à déménager.*

*Les gens d'ici vous réservent une surprise.*
Une surprise ? nous demandions-nous. Mais laquelle ?

Nous restâmes éveillés pendant ce qui nous parut des heures, tout endimanchés sous nos couvertures (« Hors de question de nous faire surprendre en pyjama », avait martelé notre mère), à guetter la détonation d'une arme à feu, ou une rafale de coups secs frappés à la porte, mais les seuls bruits qui nous parvenaient étaient le souffle du vent dans les arbres ou le vrombissement des voitures qui passaient dans la rue, et enfin, peu avant l'aube, le son familier des ronflements de notre mère.

Nous étions libres à présent, libres d'aller où nous voulions et quand nous le voulions. Il n'y avait plus de gardes armés, plus de projecteurs, plus de clôtures de barbelés. Notre mère sortit pour faire des commissions et rapporta des poires fraîches, les premières que nous mangions depuis des années. Elle rapporta également des œufs, du riz et beaucoup de boîtes de haricots. Et quand nous aurions reçu notre carnet de rationnement, nous dit-elle, elle nous achèterait de la viande fraîche. Elle déterra l'argenterie qu'elle avait dissimulée dans le jardin avant notre départ et dressa le couvert pour trois sur la table de jeu. Les couteaux étaient encore bien affûtés, les fourchettes et les cuillers n'avaient pas perdu leur lustre. Au moment où nous prenions place sur nos chaises, elle nous rappela de manger lentement, la bouche fermée et le dos bien droit.

— Ne vous goinfrez pas ! avertit-elle.

Mais c'était plus fort que nous. Nous avions faim. Une faim de loup. Nous nous jetâmes sur nos assiettes avec voracité, comme si nous étions encore au réfectoire du camp, où ceux qui terminaient les premiers avaient du rab, tandis que ceux qui mangeaient lentement devaient se contenter d'une seule portion.

Plus tard dans la soirée, nous avons allumé la radio, qui diffusait l'une des émissions que nous écoutions déjà avant la guerre – les aventures du *Frelon vert*[1] –, et ce fut comme si nous n'étions jamais partis. Nous nous sommes dit que rien n'avait changé, que la guerre n'avait été qu'une parenthèse, rien de plus. Nous allions reprendre nos vies là où nous les avions arrêtées et poursuivre notre chemin. Nous allions retourner à l'école. Nous allions travailler dur, tous les jours, pour rattraper le temps perdu. Nous allions chercher à revoir nos anciens camarades de classe. « Mais où donc étiez-vous passés ? », nous demanderaient-ils, ou alors peut-être nous adresseraient-ils juste un petit signe de tête en disant : « Salut ! » Nous allions, s'ils étaient d'accord, nous inscrire aux mêmes clubs qu'eux après l'école. Nous allions écouter leur musique. Nous allions nous habiller exactement comme eux. Nous allions modifier nos noms pour les faire ressembler aux leurs. Et si notre mère s'avisait de nous appeler par nos vrais noms dans la rue, nous nous détournerions et ferions comme si nous ne la connaissions pas. Plus jamais on ne nous prendrait pour l'ennemi !

La ville ne semblait guère différente de ce qu'elle était dans notre souvenir. Grove Street s'appelait toujours Grove Street et Tyler Street toujours Tyler Street. La pharmacie était toujours là, au bout du

1. *The Green Hornet*, feuilleton policier radiophonique diffusé de 1936 à 1952. La série fut adaptée à la télévision en 1966-1967 et vit les débuts de Bruce Lee.

pâté de maisons, sauf qu'elle avait désormais une nouvelle enseigne. Les matins étaient toujours brumeux, les parcs étaient toujours verts. On voyait toujours des balançoires suspendues aux arbres (on verra toujours des balançoires suspendues aux arbres), sur lesquelles se balançaient toujours des enfants bien nourris, rieurs, la tête rejetée en arrière dans le vent. Dans les rues, les filles étaient toujours chaussées de babies noirs et leurs mères d'escarpins de la même couleur. Le vieil homme coiffé de son feutre gris fripé était toujours posté au coin à appeler sa chienne, Isadora, qui s'était enfuie voilà bien longtemps. Peut-être s'y trouve-t-il encore en ce moment même.

Aux fenêtres des maisons de notre quartier, nous apercevions les visages de nos anciens amis et voisins : les Gilroy et les Myer, les Leahy, les Wong, les deux vieilles demoiselles O'Grady, du jardin desquelles jamais un seul ballon perdu n'était revenu. Ils nous avaient tous vus partir, au début de la guerre, s'étaient tous cachés derrière leurs rideaux pour nous regarder descendre la rue avec nos énormes valises bourrées d'affaires. Mais pas un seul, ce matin-là, n'était sorti pour nous dire au revoir ou nous souhaiter bonne chance, ou encore nous demander où nous allions (nous l'ignorions). Pas un seul ne nous avait fait signe de la main.

*Ils ont peur*, avait dit notre mère.
*Ne vous arrêtez pas.*
*Gardez la tête droite.*
*Et surtout ne vous retournez pas.*

Maintenant, lorsque nous croisions par hasard ces mêmes gens dans la rue, ils se détournaient en faisant semblant de ne pas nous voir. Ou alors ils nous adressaient un petit salut de la tête au passage et s'exclamaient : « Magnifique journée ! », comme si nous n'avions jamais quitté le quartier. De temps à autre, quelqu'un s'arrêtait pour demander à notre mère où nous étions passés – « Voilà longtemps qu'on ne vous a pas vus », disait cette personne, ou bien : « Cela fait une éternité ! » – et notre mère se contentait alors de relever la tête, de sourire, puis de répondre : « Oh, nous étions partis… »

Car c'était la vérité. Nous étions partis et maintenant nous étions tous revenus, hormis notre père, qui devait encore nous rejoindre. Dans ses lettres, il expliquait qu'il allait être libéré d'un jour à l'autre à présent, oui, d'un jour à l'autre. Mais quel jour, il ne pouvait le dire avec certitude. Ce pouvait être demain ou dans deux semaines. Ce pouvait être dans six mois.

Est-ce qu'il nous reconnaîtrait en descendant du train ? (Nous étions désormais plus vieux, et aussi plus hâlés à cause de ces années passées au soleil. Nous avions grandi.)

Quels vêtements porterait-il ?

Est-ce qu'il aurait encore des cheveux ?

Quels seraient ses premiers mots ? *(Je voudrais… j'aimerais avoir un… vous ne savez pas à quel point j'ai…)*

Et est-ce que c'était vrai, tout ce qu'on nous avait raconté ? *(Un antiloyaliste… un traître… un fervent admirateur de l'empereur.)*

Dans notre baraquement, aux heures avancées de la nuit, nous avions coutume de parler de chocolat. Nous rêvions de milk-shakes, et puis de sodas, et aussi de sandwichs au pain grillé garnis de jambon et de fromage. Nous rêvions à notre quartier. *Est-ce que nous leur manquions ? Est-ce qu'ils parlaient de nous ? Avaient-ils même remarqué que nous étions partis ? Allaient-ils nous regarder d'un air bizarre à notre retour, à cause de l'endroit où nous étions allés ?* Et ainsi le simple fait de pouvoir descendre à l'épicerie du coin pour acheter une barre chocolatée et une bouteille de Coca glacé nous donnait l'impression de vivre un rêve. La fille qui se tenait derrière le comptoir était plus âgée maintenant, et aussi plus jolie. Elle portait un rouge à lèvres foncé et se balançait d'avant en arrière au rythme d'une rengaine qui s'échappait de la radio et dont nous ne connaissions pas encore les paroles. Lorsqu'elle nous vit, elle baissa la musique et nous regarda fixement.

— Le Coca est toujours à cinq *cents*, dit-elle d'une voix douce.

En rentrant à la maison, nous cherchâmes l'endroit où, une fois, nous avions gravé nos initiales sur le trottoir, mais tout avait disparu. Nous bûmes nos Coca-Cola. Nous mangeâmes nos barres chocolatées avant de jeter les papiers d'emballage au vent. Nous cueillîmes une poignée de fleurs dans un jardin. Nous nous amusâmes à compter les Okies sur les trottoirs, à compter les Noirs, à compter les étoiles dorées aux fenêtres de nos voisins. Nous fîmes halte à l'angle de notre rue pour acheter un exemplaire de la *Berkeley Gazette* à notre mère qui avait, voilà longtemps, juré de ne plus lire les journaux. *Ça m'use les yeux, de lire toutes ces histoires de guerre.*

Oui, mais maintenant, maintenant elle ne se lassait plus de dévorer les gros titres.

Quoi ? Shirley Temple venait de se marier ?

— Impossible !

Il n'y aurait pas de bas en nylon dans les magasins avant le printemps ?

— Si j'avais su, je ne me serais pas embêtée à revenir !

Et pas de gaines extensibles non plus ?

Nous la vîmes jeter un regard désespéré vers son ventre.

— Tu n'as qu'à le rentrer !

— Et vous croyez que j'ai fait comment pendant toutes ces années ?

Nous jetâmes les fleurs sur ses genoux avant de ressortir dans la rue en courant.

Le Service du transfert des populations avait renvoyé les gens chez eux en donnant à chaque personne de quoi payer son billet de train, ainsi que vingt-cinq dollars en espèces.

— C'est absurde, avait dit notre mère.

Trois ans, cinq mois. Vingt-cinq dollars. Pourquoi pas trente-cinq ou quarante ? Pourquoi pas cent ? Pourquoi même se donner la peine de nous verser de l'argent ? Nous apprîmes plus tard que vingt-cinq dollars était la même somme que celle qui était allouée aux criminels à leur sortie de prison. Avec cet argent, notre mère nous acheta à chacun une paire de chaussures neuves, mais d'une bonne pointure au-dessus.

— Vous les remplirez en grandissant, nous dit-elle pendant que nous en bourrions l'extrémité de tampons de papier absorbant.

Elle nous acheta de nouveaux sous-vêtements et de nouveaux gants de toilette, ainsi qu'un épais matelas de coton sur lequel nous couchions à tour de rôle, là, dans la pièce de devant, au pied de l'escalier, et ce jusqu'à la nuit où la bouteille de whisky avait fracassé la fenêtre. Après la nuit où la bouteille de whisky avait fracassé la fenêtre, nous avons traîné le matelas à l'étage pour dormir dans la chambre qui donnait à l'arrière de la maison – la chambre aux inscriptions sur les murs. Par-dessus les inscriptions, notre mère colla, avec du ruban adhésif, des photos de fleurs arrachées à un vieux calendrier d'horticulteur, puis elle déchira des sacs de riz afin de confectionner des rideaux, qu'elle accrocha aux fenêtres pour empêcher les gens de voir à l'intérieur. Enfin, le soir, quand le ciel commençait à s'obscurcir, elle faisait le tour des pièces de devant pour éteindre toutes les lumières, de sorte que personne ne puisse savoir que nous étions rentrés.

Chaque jour, tout autour de nous, les hommes revenaient toujours plus nombreux du front. C'étaient des pères, des frères et des maris. C'étaient des cousins et des voisins. C'étaient des fils. Ils arrivaient, par milliers, à bord des énormes navires marqués par les combats qui entraient dans la baie. Certains d'entre eux s'étaient battus à Okinawa et en Nouvelle-Guinée, d'autres à Guadalcanal. Lors du jour J, certains avaient débarqué aux îles Marshall, à Saipan, à Tinian, à Luzon ou à Leyte. D'autres encore avaient été retrouvés à la fin de la guerre, plus morts que vifs, dans des camps de prisonniers, à Ofuna ou en Mandchourie.

*Ils nous enfonçaient des éclats de bambou sous les ongles et nous faisaient mettre à genoux des heures durant.*

*Nous devions rester au garde-à-vous, les mains le long du corps, pendant qu'ils nous rouaient de coups.*

*Pour eux, nous n'étions que des numéros, de simples esclaves de l'empereur. Nous n'avions même pas de nom. J'étais le 326.* San byaku ni ju roku.

*Nous étions obligés de faire des courbettes, même aux coolies et aux tireurs de pousse-pousse.*

*Ce serait de la folie de se montrer indulgents avec les Japs.*

*Le plus beau jour de ma vie ? Le jour où Truman a balancé cette chouette petite bombe.*

Il y eut des défilés en leur honneur, avec chevaux, trompettes et force pluies de confettis. Juchés sur des estrades fouettées par les vents, les maires se fendaient de grands discours, salués par des enfants vêtus de rouge blanc bleu qui agitaient le drapeau. Des escadrilles de B-29 de retour du front descendaient du ciel en piqué avant de se mettre en formation impeccable pour survoler les foules en liesse qui, massées dans les rues, les acclamaient et pleuraient et saluaient le retour de leurs braves.

Nous suivions les récits des journaux. *Nouveaux témoignages de rescapés des camps de torture japonais. Certains détenus étaient bâillonnés avec un mors de métal, d'autres condamnés à mourir de faim. Pris au piège, nos gars étaient arrosés d'essence et transformés en torches humaines.* Nous écoutions les interviews à la radio. *Dites-moi, soldat, est-ce que cela vous a fait quelque chose de perdre votre jambe ?* Nous nous regardions dans le miroir et nous n'aimions pas l'image qu'il nous renvoyait : cheveux noirs, peau jaune, yeux bridés. Le visage cruel de l'ennemi.

Nous étions coupables.

*Essayez donc d'oublier tout cela.*

Mauvais.

*N'y pensez plus.*

Un peuple dangereux.

*Vous êtes libres, maintenant.*

Auquel on ne pouvait plus jamais faire confiance.

*Il vous suffira de bien vous tenir à l'avenir.*

Dans la rue, nous nous efforcions d'éviter notre reflet chaque fois que cela était possible : nous nous détournions des surfaces brillantes et des devantures de magasins. Nous ignorions les regards furtifs que nous lançaient les inconnus croisés sur les trottoirs. *Vous êtes quoi ? Japonais ou Chinois ?*

À l'école, nos nouveaux professeurs se montraient gentils avec nous et les élèves de notre classe polis, mais à la pause de midi ils ne venaient pas s'asseoir à côté de nous ou nous proposer de jouer avec eux, et pas un seul de nos anciens camarades – ces camarades qui, autrefois, nous avaient lancé : « Chez toi ou chez moi ? » chaque après-midi après la classe et dans les jardins desquels nous avions creusé des trous ou bâti des forts, ces camarades dont les mères (de grandes femmes minces, dans des cuisines d'un blanc étincelant) nous avaient invités à rester dîner (« Nous allons téléphoner à votre maman ») et dont les pères nous avaient montré les étoiles les soirs où le ciel était dégagé (« Maintenant, ne bougez plus et regardez en l'air ! »), ces camarades avec lesquels, chaque hiver, nous allions faire du patin à glace à *Iceland* et dont, aujourd'hui encore, nous n'avions pas oublié les anniversaires (Jimmy Buchanan le 26 mai, Edison Wong le 3 octobre, Cora et Dora, les jumelles Trudeau, le 29 juin) –, oui, pas un seul n'était venu à notre rencontre pour nous dire : « Content de vous revoir ! » ou « Vous revoilà enfin ! ». Ils ne semblaient même pas se rappeler qui nous étions.

Peut-être étaient-ils gênés : nous leur avions tous écrit *(Bonjour, comment vas-tu, il fait très chaud ici, dans le désert)* mais une seule personne (Elizabeth, Elizabeth, mais où était-elle passée ?) avait pris la peine de nous répondre.

Ou peut-être avaient-ils peur. (Nous devions apprendre par la suite que Mr. DeNardo, le facteur, leur avait dit que quiconque nous écrivait se rendait coupable de complicité avec l'ennemi. « Ces gens ont bombardé Pearl Harbor ! Ils n'ont que ce qu'ils méritent ! »)

Peut-être, pensant que nous ne reviendrions jamais, nous avaient-ils depuis longtemps déjà chassés de leur esprit une bonne fois pour toutes. Un jour nous étions là et le lendemain, hop ! nous n'y étions plus ; nos noms avaient été rayés de la liste des élèves, nos bureaux et casiers attribués à d'autres.

Et ainsi nous tenions-nous la plupart du temps à l'écart. Nous avancions sans un mot dans les couloirs, les yeux fixés sur quelque point imaginaire dans le lointain. Si l'on chuchotait dans notre dos – ce qui arrivait fréquemment –, nous ne l'entendions pas. Si d'autres élèves nous lançaient des réflexions désobligeantes – ce qui arrivait, pas souvent, mais bien assez quand même –, nous ne les entendions pas. En classe, nous nous asseyions au fond, espérant que personne ne nous remarquerait. *(Gardez la tête baissée et tenez-vous tranquilles*, nous avait-on recommandé quelques semaines auparavant, à l'occasion d'une réunion au réfectoire sur le thème : « Comment se comporter à l'extérieur. » *Exprimez-vous uniquement en anglais. Ne vous déplacez pas en groupes de plus de trois personnes et n'allez pas au restaurant à plus de cinq. N'attirez d'aucune façon l'attention sur vous.)* Nous parlions doucement et ne levions jamais la main, pas même lorsque nous connaissions les réponses. Nous respections le règlement. Nous passions des interrogations écrites. Nous rendions des rédactions. *Le plus beau jour de ma vie. Ce que j'ai fait pendant les grandes vacances. Ce que j'aimerais être quand je serai grand* (pompier, vedette de cinéma, j'aimerais être vous !). Nous regardions par les fenêtres. De temps en temps, nous jetions un coup d'œil à l'horloge (la cloche allait bientôt sonner et l'école serait finie, alors nous pourrions rentrer chez nous). Et nous étions toujours polis.

Nous disions oui, non, pas de problème.
Nous disions merci.
Vas-y.
Après toi.
Il n'y a pas de quoi.
Ce n'est rien.
Mais je t'en prie.

Quand nos professeurs nous demandaient si tout allait bien, nous hochions la tête et répondions que oui, bien sûr, tout allait très bien.

Si nous faisions quelque chose de mal, nous ne manquions jamais de dire excuse-moi (excuse-moi de t'avoir regardé, excuse-moi de m'être assis ici, excuse-moi d'être revenu). Si nous faisions quelque chose de très mal, nous nous empressions de demander aussitôt pardon (pardon d'avoir touché ton bras, je ne l'ai pas fait exprès, c'était un accident, je ne l'avais pas vu posé là, au bord du bureau, si paisible, si admirable, si parfait, si irrésistible, j'ai perdu l'équilibre et je l'ai effleuré par mégarde, je me tenais trop près, je ne regardais pas où j'allais, quelqu'un m'a poussé par-derrière, je n'ai jamais eu l'intention de te toucher, j'ai toujours désiré te toucher, je ne te toucherai plus jamais, je le promets, je le jure…)

Après l'école, nous rassemblions nos livres de classe pour rentrer à la maison et longions à pied les rues propres et inondées de soleil en passant devant les bouches d'incendie jaunes et les pelouses vert vif, déjà couvertes de feuilles. Parfois, sorties de nulle part, des bandes de garçons à bicyclette décrivaient lentement des cercles autour de nous sans prononcer une parole. Parfois, nous entendions siffler dans notre dos, mais, lorsque nous nous retournions, il n'y avait personne. Parfois, l'un de nous deux s'arrêtait subitement sur le trottoir et montrait du doigt la fenêtre d'un voisin. N'était-ce pas l'Electrolux de notre mère que Mrs. Leahy faisait aller et venir sur le sol de son salon ? Le canapé en mohair des Gilroy n'avait-il pas un air bigrement familier ? Et ce bureau à cylindre qui trônait dans la bibliothèque de Mr. Thigpen, ne l'avions-nous pas déjà vu quelque part ? Un jour, nous avons même cru apercevoir, dans la chambre rose pâle de Mrs. Murphy, notre père qui battait des bras à la façon d'une cigogne – que diable faisait-il là ? –, mais ce n'était que Chang, le nouveau domestique des Murphy, occupé à remettre les oreillers en forme.

La nuit, nous entendions souvent des bruits de pas dans l'escalier. Les lattes du plancher se mettaient soudain à grincer. Des sons étranges montaient de la cuisine. Quelqu'un ouvrait le placard. On était en train de dévaliser le réfrigérateur. On sifflotait l'air de *Let me straddle my old saddle beneath the western sky*[1]... On frappait doucement à la porte de derrière (C'est lui !). Alors, nous sortions dans le couloir et découvrions notre mère debout dans l'obscurité à côté de la fenêtre. Elle portait sa fine chemise de nuit en coton et regardait au-dehors par le bâillement des rideaux.

— Je surveille juste les environs, disait-elle.

Ou bien elle nous faisait signe d'approcher, puis nous montrait le rond noir et dénudé visible dans notre jardin de devant.

— Où est mon rosier ? chuchotait-elle.

1. *Don't Fence Me In* (cf. *supra*).

Pendant la journée, elle passait des heures à décaper les planchers pour les débarrasser des couches de crasse qui s'y étaient accumulées.

— Mais qui étaient donc ces gens ? ne cessait-elle de répéter.

Elle époussetait, balayait et cuisinait. Elle lavait les vitres avec un mélange de jus de citron et de vinaigre, remplaçant les carreaux cassés par des plaques de fer-blanc. Les après-midi où il faisait beau, elle mettait ses gants de travail et son chapeau de paille à bord souple, puis sortait dans le clos de derrière pour ratisser les feuilles mortes, qu'elle réunissait ensuite en plusieurs tas dans lesquels nous sautions, les dispersant une nouvelle fois au gré du vent. Elle sarclait les allées envahies par les mauvaises herbes. Elle taillait les haies. Elle arracha la tonnelle qui pourrissait au centre du jardin et dont la végétation, montée en graine, était devenue luxuriante. Au plus profond des broussailles, elle découvrit des choses. Une tête de poupée. Un bas noir de dame. Un bouddha de pierre qui gisait à plat ventre sur le sol.

— C'était donc là que tu te cachais !

Nous allâmes le relever délicatement et, après avoir nettoyé sa bedaine à la brosse, nous découvrîmes son énorme tête ronde, renversée vers le ciel, toujours hilare.

Le soir, alors que l'obscurité tombait et que le fumet des ragoûts s'élevait dans les airs, alors que les hommes rentraient ou ne rentraient pas du bureau, nous la trouvions souvent à la cuisine, assise le dos à la fenêtre sur le haut tabouret de métal, occupée à se limer lentement les ongles.

— C'est si calme ! disait-elle.

Nous vivions dans le désert. Chaque matin, nous étions réveillés par la sonnerie d'une sirène. Trois fois par jour, nous faisions la queue pour nos repas. Nous faisions la queue pour notre courrier. Nous faisions la queue pour avoir du charbon. Nous faisions la queue dès que nous devions prendre une douche ou utiliser les latrines. Jour et nuit nous entendions le sifflement du vent dans les buissons d'armoise. Nous entendions les coyotes. Nous entendions chaque parole prononcée par nos voisins de l'autre côté de la mince cloison de notre baraquement. *Où est mon rasoir, où est mon peigne, qui a pris mon tube de dentifrice ?...* Nous dérobions des rondins sur le tas de bois pendant que les gardes avaient le dos tourné. Nous volions des boules de gomme à la cantine. Nous placions des clous sur les traces de pneus laissées par les jeeps qui effectuaient les rondes en fin de journée. Nous allions nous baigner dans le canal d'irrigation. Nous jouions aux billes. Nous jouions à la marelle. Nous jouions à la guerre. *Moi je serais MacArthur et toi tu serais l'ennemi !* Nous tentions de nous imaginer à quoi ressemblerait notre retour à la maison.

Notre téléphone n'arrêterait pas de sonner (« Alors, comment c'était ? »).

Les bras chargés de gâteaux, les femmes du quartier se succéderaient à notre porte pour nous souhaiter la bienvenue (« Houhou ! Nous savons que vous êtes là ! »).

Le samedi après-midi, nous arriverions au cinéma juste au moment où les lumières s'éteindraient, contraignant tout le monde à se lever pour nous laisser passer (« Pardon, excusez-moi, excusez-moi... »).

Le dimanche, nous resterions au parc du matin au soir à faire voler nos cerfs-volants.

Nous accepterions toutes les invitations, irions partout, ferions tout, afin de rattraper toutes ces années perdues loin de chez nous. Oui, de nouveau le monde serait à nous : les chaudes journées, les ciels d'azur, les pelouses vertes qui s'étirent à l'infini, les verres givrés de *pink lemonade*[1] glacée, les vélos qui dérapent sur le gravier, les petits chiens blancs qui tirent sur leur longue laisse la truffe collée au sol, les réverbères qui, chaque soir, s'allument au crépuscule, le vacarme métallique des tramways au loin, les voix d'enfants qui braillent : « Non, je ne veux pas ! », le claquement des portes à moustiquaire, le bruit effréné des galopades dans les allées, les mères aux mains mouillées – Mrs. Myer, Mrs. Woodruff, Mrs. Thomas Hale Cavanaugh – qui sortent d'un pas lourd sur les vérandas de devant en criant : « Attends un peu que ton père rentre à la maison ! »

Mais, évidemment, les choses ne se déroulèrent pas ainsi. Les journées se rafraîchirent brusquement. Le ciel se chargea d'humidité et prit une couleur de plomb. Dans chaque maison, les enfants ramassaient leurs chaussettes, rangeaient leur chambre. Mr. Myer n'était pas revenu (abattu au cours de son huitième raid aérien sur Rabaul). Mr. Woodruff n'était pas revenu (porté disparu à Bataan durant les premiers mois de la guerre). Mr. Cavanaugh était revenu, mais il n'était plus le même homme qu'avant – l'homme au télescope, qui autrefois nous montrait les étoiles.

— Il a été gazé, avions-nous entendu un voisin affirmer.

— Il est devenu morphinomane.

1. Boisson à base de sucre, d'eau, de jus de citron et de grenadine, servie glacée.

— Je suis tombé sur lui au supermarché *Safeway* l'autre jour. Ce pauvre homme a subi un traumatisme. Il ne se rappelle même plus son nom.

— C'est papa ! imaginions-nous la petite Anna Cavanaugh murmurer furieusement à la seule oreille encore valide de son père.

— *Quoi ? Qu'est-ce que tu as dit ?*

Puis nous nous rappelions notre propre père, que l'on avait emmené pour interrogatoire, vêtu de sa robe de chambre et chaussé de ses pantoufles, au soir de Pearl Harbor, et nous nous sentions alors honteux.

*L'empereur est-il un homme ou un dieu ?*
*Si un cuirassé japonais se fait torpiller dans le Pacifique, êtes-vous content ou triste ?*
*À votre avis, quel camp va-t-il gagner la guerre ?*

En novembre, les dernières feuilles des arbres virèrent du jaune au marron et tombèrent par paquets au gré du vent. Les nuits étaient désormais longues et froides, et nous n'avions presque plus d'argent. La plupart du temps, notre dîner se composait de chou et de riz. Une fois par semaine (le samedi), nous mangions des sardines achetées au rayon appâts d'un magasin d'articles de pêche. Nous réutilisions les mêmes serviettes de table plusieurs jours de suite. Les soirs où nous prenions un bain, nous nous servions tous les trois de la même eau. Notre mère comptait chaque sou. Elle instaura de nouvelles règles. Changez-vous dès que vous arrivez à la maison. Fermez le robinet pendant que vous vous brossez les dents. Quoi que vous fassiez, évitez le gaspillage. Gardez ce sachet pour le pain. *Je l'emploierai pour envelopper votre sandwich demain.* Gardez ce bout de fil. *Je l'ajouterai à ma jolie pelote.* Finissez vos carottes. *N'oubliez pas qu'il y a des enfants qui meurent de faim en Europe.* Ne jetez pas cet élastique. Cette boîte de conserve. Ce petit morceau de gras. Cette brisure de savon. Lorsque nos chaussures commencèrent à montrer de sérieux signes d'usure (sans nous avoir laissé le temps de les remplir), elle glissa à l'intérieur des pièces de carton et nous dit d'éviter les flaques qui se trouveraient sur notre chemin. Le lendemain, elle se mit à chercher du travail.

Les annonces des journaux claironnaient invariablement : *Recherchons employé, formation assurée*, mais partout où elle se présentait, on la refusait. « Le poste vient juste d'être pourvu », s'entendait-elle dire jour après jour, ou bien : « Nous ne voudrions pas que votre présence perturbe les autres salariés. » Au grand magasin où elle avait jadis acheté tous ses chapeaux et ses bas de soie, ils ne voulaient pas l'embaucher comme caissière, parce qu'ils avaient peur de heurter la clientèle. À la place, ils lui proposèrent d'additionner les tickets de caisse dans une petite pièce sombre du fond, là où personne ne pourrait la voir, mais elle déclina poliment l'offre.

— J'avais peur de me ruiner les yeux là-bas derrière, nous expliqua-t-elle. J'avais peur de me rappeler accidentellement qui j'étais et ainsi de... me heurter moi-même.

La semaine suivante, elle trouva un emploi dans un atelier de confection où on montait des manches de chemises, mais fut renvoyée au bout d'une journée. *Je n'arrivais pas à faire mes coutures droites*. Elle posa sa candidature au drugstore du quartier. *J'ai pensé que le patron se souviendrait peut-être de moi*. Elle finit par faire des ménages chez certaines des familles fortunées qui habitaient dans les collines. Elle affirmait que ce n'était pas un travail pénible.

*Il suffit de sourire et dire oui madame ou non madame, et de respecter les consignes.* Si on lui demandait de frotter les sols, elle se mettait à genoux et frottait les sols. Si le feuillage de l'arbre nain d'intérieur avait besoin d'être épousseté, elle se munissait d'un torchon humide et nettoyait les minuscules feuilles une par une. Si la maîtresse de maison se sentait seule et avait envie de parler, notre mère posait un instant son chiffon pour l'écouter. Elle répondait : « Je comprends ce que vous voulez dire », ou encore : « C'est bien triste. » Elle nous expliqua qu'elle se montrait sympathique, mais pas trop. *Si on se montre trop sympathique, ils vont s'imaginer qu'on se croit supérieur à eux.*

Pendant ses jours de congé, elle prenait du lavage et du repassage à la maison pour gagner quelques dollars de plus. Elle tendit des cordes à linge dans le jardin de derrière et, chaque fois que nous regardions au-dehors, nous voyions les sous-vêtements intimes de gens que nous ne connaissions pas – l'héritier de la compagnie de navigation, qui vivait seul, le jovial médecin célibataire, la séduisante veuve de guerre dont le jeune époux avait péri à Omaha Beach (« Présente-la-leur ! », avions-nous suggéré à notre mère tandis qu'elle étendait leurs affaires côte à côte, ce à quoi elle rétorqua : « C'est trop tôt ») – flotter au vent tels des spectres entre les branches noires des arbres.

Avec l'argent gagné, notre mère acheta de nouveaux rideaux de dentelle pour les fenêtres qui donnaient sur la rue. Elle astiqua le heurtoir en cuivre rouillé. Elle disposa un paillasson sur le perron, devant la porte d'entrée. Elle accumula petit à petit des affaires. L'un de ses employeurs lui offrit de la vaisselle et un manteau en poil de chameau qui semblait ne jamais avoir été porté. Une autre personne lui donna deux chandeliers en argent, qu'elle déposa au mont-de-piété dès le lendemain. À l'Armée du Salut, elle nous dénicha des commodes ainsi que des lits et, à partir de ce jour-là, chacun de nous dormit séparément : notre mère au rez-de-chaussée, dans la chambre qu'elle occupait autrefois avec notre père, et nous deux à l'étage, dans nos anciennes chambres.

Le télégramme nous fut remis par un matin de décembre humide et brumeux. *Quitte Santa Fe vendredi. Arriverai dimanche 15 h. Bises, papa.*

Les jours suivants, nous passâmes notre temps à regarder s'écouler les heures. Nous allions à l'école. Nous rentrions à la maison. Nous gardions les yeux rivés sur la pendule. *Il est à Albuquerque maintenant. Il est à Flagstaff. Il traverse le désert Mojave...* Notre mère astiquait et cuisinait. Elle emportait le télégramme avec elle, dans sa poche, partout où elle allait : au travail, au bureau de poste, à l'épicerie pour acheter du pain. Parfois, au beau milieu du dîner, elle le sortait et l'examinait sous la lumière rien que pour s'assurer que les mots étaient toujours là, ou qu'ils ne s'étaient pas mystérieusement réordonnés en un autre message pendant qu'elle ne regardait pas.

— Et s'il n'était pas réel ? nous demandait-elle.

Ou s'il nous avait été remis par erreur ? Ou envoyé – pour nous faire une farce – par l'homme qui téléphonait en pleine nuit pour nous dire où nous pouvions aller ?

Il est bien réel, la rassurions-nous. Ce n'est pas une farce.

Le dimanche, à l'approche du crépuscule, le train de notre père entra enfin en gare. Une pluie fine tombait, zébrant les vitres des voitures de traînées crasseuses, et tout ce que nous parvenions à distinguer de l'autre côté de la glace était un ballet de silhouettes noires. Puis le convoi s'immobilisa et un petit homme voûté, portant une vieille valise en carton, descendit du dernier wagon. Il avait le visage ridé, un costume usé aux couleurs passées. Il était nu-tête et se déplaçait lentement, précautionneusement, en s'aidant d'une canne, une canne que nous n'avions jamais vue auparavant. Bien qu'attendant ce moment, le moment qui marquerait l'heure de nos retrouvailles, depuis plus de quatre ans maintenant, nous ne sûmes que penser ou que faire lorsque nous le vîmes enfin planté là devant nous, sur le quai. Nous ne courûmes pas à sa rencontre. Nous ne lui fîmes pas des signes de mains éperdus en criant : « Par ici ! » Et lorsque notre mère nous poussa dans le dos d'un geste doux, mais ferme, en nous murmurant : « Allez vers lui », nous fûmes incapables de faire autre chose que fixer le bout de nos chaussures, comme tétanisés. Car l'homme qui se tenait devant nous n'était pas notre père, mais quelqu'un d'autre, un inconnu que l'on avait mis dans le train à sa place. « Ce n'est pas lui, fîmes-nous remarquer à notre mère, ce n'est pas lui », mais elle ne semblait plus nous entendre.

Il posa sa valise et la regarda.

— Est-ce que tu... commença-t-elle.

— Tous les jours, répondit-il.

Puis il se mit à genoux et nous prit dans ses bras, répétant encore et encore nos prénoms, mais nous ne pouvions toujours pas être sûrs que c'était bien lui.

Notre père – le père dont nous nous souvenions et auquel nous avions rêvé presque chaque nuit pendant toutes les années qu'avait duré la guerre – était beau et fort. Il se déplaçait d'une démarche rapide et assurée, le buste droit et la tête haute. Il aimait nous faire des dessins, il aimait nous chanter des chansons, il aimait rire. L'homme qui était revenu par ce train paraissait avoir beaucoup plus que les cinquante-six ans de notre père. Il portait un dentier d'une blancheur éclatante et avait perdu les derniers cheveux qui lui restaient. Chaque fois que nous l'étreignions, nous sentions ses côtes à travers le tissu de sa chemise. Il ne nous faisait pas de dessins, pas plus qu'il ne nous chantait de chansons de sa voix fausse et tremblante. Il ne nous lisait pas d'histoires. Les dimanches après-midi où nous ne savions quoi faire pour tromper notre ennui, il n'attachait pas des morceaux de fer-blanc tordus sur des brindilles pour nous improviser un spectacle d'ombres chinoises derrière un drap blanc suspendu. Il ne nous fabriquait pas non plus d'échasses.

Bien sûr, s'empressa de nous faire observer notre mère, nous étions désormais trop grands pour monter sur des échasses, trop grands pour que l'on nous fasse la lecture, trop grands pour les spectacles d'ombres chinoises derrière un drap blanc suspendu.

*Oui, oui, oui*, répondions-nous, *et trop grands pour rire !*

Jamais il ne soufflait mot sur ses années de déportation. Jamais. Jamais il ne parlait de politique, ou de son arrestation, ou encore de la façon dont il avait perdu ses dents. Jamais il n'évoquait sa comparution devant le conseil d'évaluation du loyalisme de la Commission de contrôle des ressortissants d'un pays ennemi. Jamais il ne nous expliquait de quoi il avait été inculpé au juste. De sabotage ? D'avoir vendu des secrets à l'ennemi ? De complot visant à renverser le gouvernement ? Était-il coupable des crimes dont il était accusé ? Était-il innocent ? (Était-il seulement là ?) Nous n'en savions rien, nous ne voulions pas le savoir. Nous ne posions jamais la question. Maintenant que nous étions de retour dans le monde, nous ne désirions qu'une seule chose : oublier.

Les premiers temps, il errait lentement de pièce en pièce, soulevant au passage des objets qu'il examinait d'un air dérouté avant de les reposer. « Je ne reconnais rien », l'entendions-nous marmonner. L'après-midi, il s'allongeait sur le canapé et se laissait gagner par le sommeil, mais se réveillait en sursaut quelques instants plus tard, ignorant où il se trouvait. Il s'asseyait alors brusquement, puis nous appelait d'une voix forte et nous accourions aussitôt auprès de lui. « Que se passe-t-il ? lui demandions-nous. Qu'y a-t-il ? » Il nous répondait qu'il avait besoin de nous voir, qu'il avait besoin de voir nos visages, sinon impossible de savoir s'il était vraiment réveillé. Plus tard, il devait nous raconter que, dans le train, il n'avait cessé de faire le même rêve dans lequel il s'endormait et manquait son arrêt.

Il portait tous les jours le même pantalon, trop ample pour lui, et était persuadé que quelqu'un surveillait la maison. Il n'aimait pas utiliser le téléphone – *On ne sait jamais, il pourrait y avoir des oreilles indiscrètes* – ni aller au restaurant. Il parlait rarement aux gens, et uniquement lorsqu'on lui adressait d'abord la parole. *Pourquoi chercher des ennuis ?* Il se méfiait de tout le monde – du gamin qui livrait les journaux, du démarcheur à domicile, de la petite vieille qui nous faisait signe de la main chaque jour, quand nous passions devant chez elle en rentrant de l'école – et nous mettait en garde : n'importe laquelle de ces personnes pouvait être un informateur.

*Ils ne nous aiment pas, c'est tout. C'est comme ça.*

*Ne leur en dites jamais plus que le strict nécessaire.*

*Et n'allez pas vous imaginer un seul instant qu'ils sont vos amis.*

Des détails insignifiants – l'aboiement du chien d'un voisin, un stylo déplacé, tout retard imprévu – étaient capables de le mettre dans une colère folle. Un après-midi, après une longue attente à la banque, il se fraya un chemin jusqu'à l'avant de la queue et se mit à marteler le sol avec sa canne.

— Je n'ai pas tout mon temps ! s'impatienta-t-il.

Nous nous détournâmes en faisant mine de ne pas le connaître. Pas un seul des autres clients présents dans la file ne dit mot.

— Ils s'en fichent, oui ! nous cria-t-il, tandis que nous battions lentement en retraite vers la sortie.

Nous nous bouchâmes les oreilles avec les mains sans nous arrêter.

Il ne reprit jamais le travail. Comme la société qui l'employait avant la guerre avait été liquidée aussitôt après Pearl Harbor, sa place ne l'attendait plus à son retour. Personne d'autre ne voulait l'embaucher : c'était un homme âgé, à la santé précaire, qui revenait tout juste d'un camp pour dangereux ressortissants d'un pays ennemi. Ainsi, jour après jour, demeurait-il à la maison, plongé dans les journaux qu'il lisait à la loupe, avant de griffonner des mots sur un petit calepin bleu. Parfois, il sortait pour arroser le gazon, ou encore balayer la véranda de devant. Et chaque après-midi, quand nous rentrions de l'école, il nous préparait un goûter : confiture et biscuits secs, ou bien pommes, qu'il épluchait et coupait soigneusement en tranches, puis disposait sur une assiette.

Il paraissait toujours heureux de nous voir. « Alors, quelles sont les dernières nouvelles ? » nous lançait-il dès que nous avions franchi la porte. Nous allions donc nous installer avec lui à la cuisine et parlions de l'école. Du temps. Des voisins. Des mêmes choses dont nous parlions avant la guerre. Rien de plus. Assis sur sa chaise, il se penchait en avant comme pour mieux nous écouter mais, quoi que nous lui racontions – *une mite s'est introduite dans l'oreille de Miss Campbell pendant la dictée, Donald Harzbecker a été privé de sortie à vie par ses parents* –, sa réponse était invariablement la même : « Ah bon ? »

Nous avions toujours l'impression qu'il avait la tête ailleurs.

Peut-être songeait-il à notre mère. Peut-être qu'elle lui manquait et qu'il espérait la voir vite rentrer du travail. Peut-être essayait-il de l'imaginer en cet instant, alors qu'elle contemplait pour la centième fois le reflet que lui renvoyait la cuvette des W.-C d'un inconnu. *Toujours là ?* Ou peut-être, se remémorant la promesse qu'il lui avait faite des années auparavant, juste après leur mariage – *Tu n'auras jamais besoin de travailler* –, se sentait-il coupable de ne pas avoir tenu son engagement. Elle avait désormais les chevilles cerclées de grosses veines bleues, les mains rougies et rugueuses, et chaque soir, lorsqu'elle gravissait les marches du perron, son pas semblait plus lourd que la veille. Ou alors, il est possible qu'il n'ait pas du tout été en train de penser à notre mère. Il est possible que, troublé par quelque chose qu'il avait lu dans le journal ce matin-là – *Des cheiks africains utilisent des couches fournies par les États-Unis pour en faire des turbans !* ou *L'empereur des Japs renonce à sa filiation divine !* –, il ait eu son compte de nouvelles pour la journée.

Le chant des oiseaux devenait plus téméraire, plus strident, et le froid s'estompait lentement. Tous les matins, notre mère se levait tôt pour nous préparer le petit déjeuner, puis elle s'entourait la tête d'une écharpe blanche et se hâtait d'aller prendre son bus. Elle était vêtue d'une robe noire informe, chaussée de souliers pratiques et ne mettait pas de rouge à lèvres. Elle emportait un assortiment de brosses et de chiffons dans un grand cabas marron. *Il faut que ça brille !* Elle était alerte et ne se plaignait pas.

— Soyez sages ! nous lançait-elle, en se dirigeant vers la porte.

Des années plus tard, elle nous expliquera que c'était pour elle un soulagement que de se lever tous les matins en ayant un endroit où aller.

Au fur et à mesure que les jours allongeaient, notre père se mit à passer de plus en plus de temps seul dans sa chambre. Il cessa de lire les journaux. Il ne vint plus s'installer avec nous pour écouter le quiz du *Dr. Q. I.* à la radio – « Il y a déjà bien assez de bruit dans ma tête », nous expliqua-t-il. L'écriture qui noircissait son calepin devint de plus en plus petite, de plus en plus fine, et finit par disparaître entièrement des pages. À présent, chaque fois que nous passions devant sa porte, nous le surprenions assis au bord de son lit, les mains sur les genoux, à regarder par la fenêtre comme s'il attendait que quelque chose se passe. Parfois, il s'habillait et enfilait son manteau, mais sans pouvoir se décider à franchir le seuil de la maison.

De temps à autre, nous lui apportions son chapeau et tentions de l'inviter à venir se promener avec nous, mais il se contentait de sourire et de nous faire signe de sortir.

— Partez devant, disait-il.

Le soir, il montait souvent se coucher tôt, à sept heures, juste après le dîner – *Autant en finir avec cette journée* –, mais il dormait mal et se réveillait régulièrement au milieu du même rêve récurrent : l'heure du couvre-feu était passée depuis cinq minutes et il se retrouvait coincé dehors, dans le monde, du mauvais côté de la clôture.

— Il faut que je rentre ! s'écriait-il en ouvrant les yeux.

— Tu es chez nous, maintenant, lui rappelait notre mère. Tout va bien. Tu peux rester.

Les premiers signes du printemps : douceur des jours, bourgeons sur les arbres fruitiers, fin des longues listes de disparus. Toutes les mères étaient de retour dans leur cuisine désormais. Les derniers pères de notre quartier – ceux qui le pouvaient – étaient rentrés, ils étaient hors de danger. Le soleil était à sa place, là, au-dessus de nos têtes, mais pas trop haut dans le ciel. Les forces revenaient lentement. La parole commençait à reprendre ses droits. Dans la cour de l'école. Au parc. Dans la rue. Ils nous appelaient à présent. Ils n'étaient pas nombreux, quelques-uns seulement.

Au début, nous faisions comme si nous ne les entendions pas, mais au bout de quelque temps nous ne pouvions plus résister. Nous nous retournions pour leur adresser un signe de tête, un sourire, puis poursuivions notre chemin.

Pendant deux semaines en avril, les magnolias se couvrirent de fleurs d'un blanc mat sous un ciel bleu et sans nuage. Des jacinthes pourpres et des narcisses sortirent de terre, ainsi que de longues tiges de menthe et, tous les soirs, au crépuscule, nous faisions un tour au jardin pour contempler les bandes d'étourneaux qui s'agglutinaient dans les arbres. La nuit, nous dormions les fenêtres grandes ouvertes, et nos rêves résonnaient de chants et de rires, ainsi que des incessantes virevoltes des feuilles dans le vent. En nous réveillant le lendemain matin, l'espace d'un court instant, nous parvenions presque à oublier que nous étions un jour partis.

En mai, alors que la chaleur s'installait et que partout les roses commençaient à éclore, nous nous mîmes quotidiennement à parcourir les rues après l'école pour retrouver le rosier que notre mère avait jadis planté devant chez nous. Les premiers temps, nous le voyions partout où se portait notre regard – sur la pelouse des Gilroy, puis sur celle des Myer, et ensuite tapi parmi les rhododendrons du jardin primé des demoiselles O'Grady –, mais, après un examen minutieux, aucun ne s'avéra être le nôtre. Ils étaient trop grands, ou trop petits, ou encore les pétales de leurs fleurs étaient trop pâles et, au bout d'un moment, nous finîmes par abandonner nos recherches pour nous consacrer à d'autres choses. Nous restâmes cependant toujours persuadés que, quelque part autour de nous, caché dans le jardin d'un inconnu, le rosier de notre mère s'épanouissait en une luxuriance de fleurs rouges parfaites, jaillissant les unes après les autres dans la lumière de la fin d'après-midi.

## AVEUX

Tout ce que vous avez appris est vrai. J'étais vêtu de mon peignoir de bain et chaussé de mes pantoufles le soir où vos hommes m'ont emmené. Au poste de police, ils m'ont posé des questions. *Nous vous écoutons*, ont-ils répété. C'était une petite pièce vide et dépourvue de fenêtres. Les lampes étaient éblouissantes. Elles sont restées allumées pendant des jours. Que vous dire de plus ? J'avais froid aux pieds. J'étais fatigué. J'avais soif. J'étais effrayé. Alors, j'ai fait ce que j'avais à faire. J'ai parlé.

Très bien, ai-je avoué. Je le reconnais. J'ai menti. Vous aviez raison. Vous avez toujours eu raison. C'était moi le coupable. J'ai empoisonné vos bassins de retenue. J'ai répandu de l'insecticide sur votre nourriture. J'ai vendu au marché mes petits pois et mes pommes de terre chargés d'arsenic. J'ai planté des bâtons de dynamite le long de vos voies ferrées. J'ai incendié vos puits de pétrole. J'ai truffé de mines l'entrée de vos ports. J'ai espionné vos terrains d'aviation. J'ai espionné vos arsenaux maritimes. J'ai espionné vos voisins. Je vous ai espionné : vous vous levez à six heures, vous aimez les œufs au bacon, vous êtes passionné de base-ball, vous prenez votre café avec de la crème, votre couleur préférée est le bleu. Je me suis introduit subrepticement chez vous en votre absence et j'ai déshonoré votre femme. *Attendez, attendez*, s'est-elle écriée, *ne partez pas !* J'ai touché vos filles, elles souriaient dans leur sommeil. J'ai étouffé votre premier-né, il ne s'est pas débattu. Je vous ai volé votre dernier sac de sucre. J'ai bu une lampée de votre meilleur brandy. J'ai arraché les clous de votre palissade blanche et je les ai vendus à l'ennemi, qui les a fondus pour en faire des balles. J'ai fourni gratuitement à ce même ennemi vos plans de défense. *L'usine de montage de Boeing se trouve ici et la raffinerie de pétrole là. Le site où ils fabriquent les filets de camouflage est marqué d'une croix.* Je lui ai envoyé des photographies aériennes de vos plus grandes villes côtières. J'ai transmis par radio à ses sous-marins la position de vos transports de troupes. Chez moi, je me suis penché par la fenêtre de l'étage pour faire des signaux à ses pilotes avec mon lampion rouge. *Venez par ici !* J'ai laissé mes lumières allumées pendant le black-out. Je suis allé dans le jardin lancer quelques fusées éclairantes, rien que pour m'assurer qu'il saurait où vous trouver. *Lâchez votre bombe là, juste à l'endroit où je me tiens !* J'ai fauché des sillons en forme de flèche dans mes champs de tomates pour le guider jusqu'à sa cible suivante. *La base aérienne, c'est tout droit !* Je lui ai tout raconté sur vous. *Costaud et bel homme. Grands yeux. Long nez. Épaules larges. Dents parfaites. Joli sourire. Poignée de main ferme. Bon père de famille. Adhérent de divers clubs et organisations. Membre du Elks, du Kiwanis, du Rotary. De la chambre de commerce locale. Tond son gazon chaque samedi et va à l'église le dimanche. Ne paie jamais ses factures en retard. Aime à sortir occasionnellement avec ses copains, pendant que son épouse reste à la maison pour s'occuper des gosses.* Je lui ai révélé vos secrets les plus inavouables. *N'arrive pas à se concentrer très longtemps. Oublie parfois de sortir la poubelle. Parle de temps à autre la bouche pleine.*

Qui suis-je ? Vous savez qui je suis. Ou du moins le croyez-vous. Je suis votre fleuriste. Je suis votre épicier. Je suis votre porteur. Je suis votre garçon de café. Je suis le propriétaire du magasin de tissus et d'articles de mercerie à l'angle d'Elm Street. Je suis le cireur de chaussures. Je suis le professeur de judo. Je suis le prêtre bouddhiste. Je suis le prêtre shintoïste. Je suis le très révérend Yoshimoto. *Vlaiment enchanté de faile votle connaissance.* Je suis le directeur général du garage Mitsubishi. Je suis le plongeur du *Golden Pagoda*. Je suis le portier du *Claremont Hotel*. Je suis le livreur de la blanchisserie. Je suis le pépiniériste. Je suis le pêcheur. Je suis le vacher. Je suis l'ouvrier agricole. Je suis le cueilleur de pêches. Je suis le cueilleur de poires. Je suis l'emballeur de laitues. Je suis l'ostréiculteur. Je suis l'employé de la conserverie. Je suis le sexeur de poussins. *Et je sais reconnaître un coquelet vigoureux au premier coup d'œil !* Je suis le gros homme souriant au chapeau de paille que vous voyez vendre des fraises au bord de la route. Je suis le président de l'Amicale de la fleur de cerisier. Je suis le secrétaire de la Société du haïku. Je suis adhérent au Club du bonsaï. *Quel peuple charmant ! Tout est si petit et si mignon chez eux !* Je suis celui que vous appelez le Jap. Je suis celui que vous appelez le Nippon. Je suis celui que vous appelez le Bridé. Je suis celui que vous appelez le Niacoué. Je suis celui que vous appelez le Jaune. Je suis celui que vous appelez l'Asiate. Je suis celui que vous ne voyez même pas : nous nous ressemblons tous. Je suis celui que vous voyez partout : nous sommes en train d'envahir le quartier. Je suis celui que vous cherchez sous votre lit chaque soir avant de vous endormir. *Contrôle de routine*, dites-vous. Je suis celui qui hante vos rêves toute la nuit : nous descendons la rue principale à dix de front et au pas cadencé. Je suis votre cauchemar : ce soir, nous bivouaquons sur votre pelouse fraîchement tondue. Je suis votre terreur suprême : vous avez vu ce que nous avons fait en Mandchourie, vous vous rappelez Nankin, vous n'arrivez pas à chasser de votre esprit le souvenir de Pearl Harbor.

Je suis le tireur aux yeux bridés embusqué dans les arbres.

Je suis le saboteur caché dans les fourrés.

Je suis l'inconnu qui rôde devant le portail.

Je suis le traître dans votre propre jardin.

Je suis votre domestique.

Je suis votre cuisinier.

Je suis votre jardinier.

Et depuis des années je vivais tranquillement ici, à côté de vous, attendant seulement le jour où le général Tojo m'adresserait le signal convenu.

Alors allez-y : emprisonnez-moi. Prenez mes enfants. Prenez ma femme. Gelez mes actifs. Saisissez mes récoltes. Perquisitionnez à mon bureau. Fouillez ma maison de fond en comble. Résiliez mon contrat d'assurance. Vendez mon entreprise aux enchères. Cédez mon bail à quelqu'un d'autre. Attribuez-moi un matricule. Avisez-moi des crimes qui me sont reprochés. *Trop petit, trop brun, trop laid, trop fier*. Consignez tout cela par écrit – *montre une certaine nervosité au cours de la conversation, rit toujours trop fort et au mauvais moment, ne rit jamais* – et je signerai sur les pointillés. *Est perfide et rusé, est impitoyable, est cruel.* Et si un jour on vous demande ce qu'en fin de compte je brûlais de dire, j'aimerais, si vous le voulez bien, que vous répondiez ceci :

« Pardon. »

Voilà. C'est tout. Je l'ai dit. Puis-je disposer, maintenant ?

# SOURCES ET REMERCIEMENTS

L'auteur témoigne toute sa reconnaissance envers les ouvrages suivants, dont les lumières l'ont aidée dans la rédaction de ce livre : *The Great Betrayal : The Evacuation of the Japanese-Americans During World War II*, d'Audrie Girdner et Anne Loftis ; *A Fence Away From Freedom : Japanese Americans and World War II*, d'Ellen Levine ; *Citizen 13660*, de Miné Okubo ; *Jewel of the Desert : Japanese American Internment at Topaz*, de Sandra C. Taylor ; et enfin *Desert Exile : The Uprooting of a Japanese-American Family*, de Yoshiko Uchida.

# TABLE

Ordre d'évacuation n° 19.................................... 11
Le convoi ............................................................ 31
Quand l'empereur était un dieu........................... 57
Dans le jardin d'un inconnu............................... 114
Aveux .................................................................. 148

10/18, une marque d'Univers Poche,
est un éditeur qui s'engage pour
la préservation de son environnement
et qui utilise du papier fabriqué à partir
de bois provenant de forêts gérées
de manière responsable.

*Impression réalisée par*

La Flèche (Sarthe), 3002674
Dépôt légal : juin 2008
Nouvelle édition : octobre 2013
X04667/05

*Imprimé en France*